포커
이기는 기술

포커 이기는 기술 3 (공갈의 전략Ⅱ, 게임운영의 전략)

2008년 9월 25일 초판 1쇄 인쇄
2008년 10월 2일 초판 1쇄 발행

지은이 ㅣ 이윤희
펴낸이 ㅣ 정기국
펴낸곳 ㅣ 북마크
주　간 ㅣ 맹한승
편　집 ㅣ 이종애
디자인 ㅣ 공간42 www.gongan42.com
출판등록 ㅣ 제 303-2005-34호(2005. 8. 30)
주소 ㅣ 서울 마포구 서교동 375-15 장안빌딩 202호
전화 ㅣ 02) 325-3691
팩스 ㅣ 02) 335-3691
E-mail ㅣ chung84@empal.com
홈페이지 ㅣ www.booksmark.co.kr
ISBN 978-89-92404-23-5 14810

이윤희 지음

포커
이기는 기술

III

공갈의 전략 II, 게임운영의 전략

북마크

C O N T E N T S

PART 4 베팅의 전략 | 11

PART 6

공갈의 전략 Ⅱ

상대가 베팅을 한다고 하여 무조건 인정할 수는 없는 것이 포커게임이다. 그렇다면 과연 어떤 경우에 콜을 하고 확인을 해야 하는가? 만약 지더라도 확인해볼 가치가 있는 상황은 어떤 것인가? 그렇지 않다면 어떤 경우에는 인정을 하고서 죽어야 하는가? 등등 에 관해 한 가지씩 자세히 알아보도록 하자.

08 | 공갈을 잡아내는 법

우리는 지금까지 '공갈을 치는 법'에 관해 여러 가지 상황변화에 따른 많은 형태를 알아보았다. 그러면 여기서는 지금까지의 이론을 근거로 하여 '공갈을 잡아내는 법'에 대해 알아보도록 하자.

물론 이것은 기본적으로 '공갈을 잡아내려고 하지 마라' 뒤에 설명 라고 하는 큰 명제에 위배되는 것이긴 하지만, 상대가 베팅을 한다고 하여 무조건 인정할 수는 없는 일이다. 그렇다면 과연 어떤 경우에 콜을 하고 확인을 해야 하는가? 만약 지더라도 확인해볼 가치가 있는 것인가? 그렇지 않다면, 어떤 경우에는 인정을 하고서 죽어야 하는가? 등등에 관해 한 가지씩 자세히 알아보도록 하자.

이 경우에도 참으로 많은 경우가 있겠지만, 지면 관계상 반드시 알아두어야 할 중요한 점과 실전의 상황에서 가장 많이 나오는 경우만을 뽑아서 설명하도록 하겠다.

1) 상대의 성격과 스타일을 파악해야 한다

포커게임에 있어서 레이즈의 위력은 참으로 크다. 설사 레이즈를 쳤던 사람의 카드가 공갈이라 하더라도, 그것이 밝혀지기 전까지는 모두가 레이즈를 쳤던 사람에게 신경을 곤두세우게 된다.

반대로 레이즈를 치는 사람의 입장에서 보면, 자신이 레이즈를 치면 모든 사람의 이목이 자신에게 집중된다는 것을 예상하고 있는 상황임은 너무도 당연하다. 그런데도 레이즈를 치는 것은 정말로 자신 있는 좋은 패를 가졌든지, 그렇지 않고 공갈일 경우라면 적어도 액면이라도 상대가 보았을 때 정확히 읽어내기 어려운 카드를 깔아놓았거나 남들이 메이드로 인정하기 쉬운 액면일 경우이다.

그렇기에 레이즈가 날아왔을 경우에 그 사람의 액면 카드를 보고서 패를 읽으면 한없이 높게만 보이는 법이다. '상대의 카드를 높게 읽어주는 것', 이것은 물론 나름대로의 장점이 있긴 하지만 결코 바람직한 현상은 아니다. 상대의 카드를 높게 인정한다는 것은 곧 그 판에서는 자신의 패배를 인정한다는 뜻이 되는 것이기 때문이다. 베팅을 하고 나갔다가 레이즈를 맞았을 경우에는 거의 대부분이 일단 자신이 이기기 힘든 상황인 것이 사실이다 자신이 아주 높은 패를 잡고 있을 경우는 제외.

대표적으로, 6구에 하이 투-페어로서 베팅을 하고 나갔다가 레이즈를 맞았을 경우, 거의 대부분이 "히든에 풀-하우스를 못 뜨면 진다"라는 기분을 느끼게 된다. 그러한 느낌은 실제로 70~80% 이상 틀림없이 맞아떨어진다.

그렇다면 투-페어에서 히든에 풀-하우스를 뜰 생각을 버린 채 6구에서 포기하는 것이 올바른 방법이라는 것은 앞에서 여러 차례에 걸쳐 강조해왔다.

그렇다, 6구째에 죽는 것이 올바른 방법이다. 하지만 한 가지 중요한 점은, 10번이면 10번, 20번이면 20번 모두를 계속해서 죽기만 한다면 이것은 또 상대를 아주 즐겁게 해주는 게임 운영방법이다. 그렇기에 만약에 지더라도 가끔은 승부를 해볼 필요가 있다는 것이다. 여기서 승부를 해볼 필요가 있다는 것은 풀-하우스를 떠보기 위한 것이 아니라, 투-페어로 말랐어도 끝까지 콜을 하여 상대의 카드를 확인해볼 필요가 있다는 뜻이다.

그런데 이것 역시도 어느 정도의 부담이 따르는 게 사실이고 보면, 그 횟수를 가능한 줄이고 또 '승부를 해볼 기회'를 조금이라도 더 가능성이 클 때로 선택하는 것이 무엇보다도 중요하다. 레이즈를 친 상대가 평소에 공갈이 어느 정도 있는 스타일인지, 그렇지 않으면 '진카'만을 가지고 치는 스타일인지를 가능한 한 빨리 파악해두는 것이 상당히 중요하다.

물론 그것만 가지고서 상대가 공갈을 치는 것인지, '진카'를 가지고 치는 것인지 정확히 잡아낼 수는 없지만, 그래도 공갈을 자주 시도하는 사람을 상대로 승부를 거는 쪽이 조금이라도 확률이 높아지는 것이다.

내가 6구에 투-페어를 가지고서 베팅을 하고 나갔다가 레이즈를 맞았을 경우, 6구에 콜을 하고서 7구째 히든에 가서 풀-하우스를 뜰 수만 있다면 레이즈를 친 상대가 누구이든 상관이 없다. 하지만 투-페어를 가지고 히든에 가서 풀-하우스를 뜬다는 것은 일단 거의 기대를 하지 말아야 하는 것이기에, 6구에 레이즈를 친 상대의 스타일을 미리 정확하게 파악해둔다면 게임을 운영하기가 한결 수월해진다는 것이다.

만약 상대의 스타일이 어떤지, 누가 공갈을 더러 시도하는 사람인지 잘 판단이 되지 않을 때는 우선 가장 베팅을 자주 하고, 게임을 이끌어 나가는 사람일수록 공갈의 횟수가 많다고 판단해도 무방하다. 이것은 너무나도 간단하고 당연한 이야기이다.

어떤 사람이 포커게임을 하는데 정말로 행운이 따라서 하루 종일 계속해서 좋은 패가 뜨지 않는 한, 누구든 패는 비슷하게 들어온다고 봐야 한다. 그런데 남들보다 훨씬 더 베팅을 시원시원하게 자주 한다는 것은, 결국 그 사람은 카드가 아주 완벽하지 않더라도 베팅 또는 레이즈로써 상대를 죽이거나, 약간은 무리한 승부를 시도하는 스타일이라고 단언할 수 있는 것이다 이때 중요한 것은, 남들보다 훨씬 더 시원시원하게 베팅 또는 레이즈를 한다는 것은 자신이 먼저 베팅을 하거나 레이즈를 치는 것을 이야기하는 것이지, 나중에 콜을 자주 하는 사람을 의미하는 것이 절대로 아니라는 것을 명심해야 한다.

물론 베팅 또는 레이즈를 자주 한다고 하여 반드시 공갈이 많다고는 단언할 수 없다. 하지만, 분명한 사실은 그러한 사람일수록 공갈 또는 공갈에 가까운 카드가 훨씬 더 자주 나온다는 점이다.

이것은 상당히 의미 있는 이야기이다. 지금 여기서 우리가 얘기하는 것처럼, 베팅이나 레이즈가 많은 사람이 베팅할 때는 기회를 잘 포착하여 공갈을 체포할 찬스를 노리든가, 거기서 한 수 더 고차원적인 게임 운영방법은, 베팅이나 레이즈가 많은 사람을 상대로 오히려 6구나 히든에 가서 여러분이 한 번 더 레이즈를 친다면 승률은 상당히 높아진다는 것이다.

왜냐하면, 어차피 베팅이나 레이즈가 많은 사람은 완벽한 카드를 가지고만 베팅이나 레이즈를 하는 스타일이 아니기 때문에, 상대가 더욱 강하게 나왔을 때는 바로 꼬리를 내릴 가능성이 많기 때문이다. 실제로 자신의 패가 그다지 높은 패가 아닌 경우가 많기 때문에 상대가 더욱 강하게 나오면 꼬리를 안 내릴 수가 없다고 볼 수도 있다.

그렇다고 해서 언제나 반드시 그런 것은 아니고, 또 이러한 '역공갈' 도 자주 하면 위력이 떨어지므로, 지금껏 얘기해온 이러한 이론을 잘 알아둔 후 적당한 기회가 왔을 때 여러 가지 상황판단을 나름대로 한 후에 아주 가끔씩 시도해본다면, 그 효과가 상당히 크다는 것을 여러분 스스로가 깨닫게 될 것이다.

지금까지 공갈을 잡아내는 데 있어서 '상대의 스타일' 을 정확히 파악하는 것이 상당히 중요하다는 것을 강조해왔다. 이것은 누구도 부정할 수 없는 틀림없는 사실이다. 그런데 반대로 공갈이 별로 없고 '진카' 만을 가지고 승부를 노리는 스타일의 사람이 있다면, 그러한 사람들을 상대로는 어떻게 공갈을 가려내야 하는가?

이것은 아주 간단하다. 그러한 사람을 상대로는 애초부터 공갈을 잡아내려는 생각을 버리면 되는 것이다.

어차피 잘 시도하지도 않는 공갈을 체포하려고 계속 확인을 한다면, 아주 간혹은 잡아낼 수도 있을지 모르지만 득보다 실이 훨씬 더 많으며, 또 그러한 게임 운영은 처음에 얘기했던 대로 엄청나게 무모한 스타일이다. 처음부터 '공갈을 잡아내려고 하지 않는다' 라는 기본적인 마음가짐을 가지고 있는 상태에서 여러 가지 상황과 상대의 스타일 등을 잘 파악하여 가끔씩 공갈을 체포하려고 시도해보는 것이 바람직하다는 것이지, 절대로 공갈을 잡아내려고 하는 게임 운영을 즐겨서는 안 된다는 점을 잊어서는 안 된다.

지금까지의 이야기를 종합해보면, 공갈을 잡아내려고 할 때 가장 중요한 것 중 한 가지가 바로 '상대의 스타일' 을 정확히 파악한 후 실행에 옮기는 것이며, 그것이 조금이라도 높은 승률을 당신에게 가져다준다는 것을 명심해야 한다.

2) 히든에서 웬만한 카드를 가지고서 베팅을 하는 스타일인가, 아닌가를 먼저 파악할 것

이것은 앞의 ⑴ '상대의 성격과 스타일을 파악해야 한다' 부분과 비슷한 이론이긴 하지만, 이 경우에는 특별히 '히든카드'에 가서의 베팅 상황이기에 나름대로의 중요성을 감안하여 따로 설명해보았다.

이것은 또 앞 장 〈베팅의 요령〉 중 7) '히든에서도 베팅을 해야 한다'의 이론과 연결하여 같이 이해하면 훨씬 더 좋은 결과가 있으리라 생각한다.

앞에서도 다루어왔던 대로, 거의 대부분의 하수들은 히든에 가서 아주 좋은 패를 가지고 있지 않는 한 '삥', '체크' 또는 '콜', '굿' 등으로 그 판의 게임을 마감하려고 하는 아주 좋지 않은 습관들을 가지고 있다. 이것은 참으로 상대를 편안하게 해줌과 동시에, 자신이 이기는 상황이라면 '70'의 소득을 올릴 수 있는 패를 가지고서 '40~50' 정도의 소득밖에 올리지 못하게 되는 경우가 참으로 많다. 물론 더 큰 이득을 노리다가 피해를 입는 경우도 있긴 하겠지만, 자신이 히든까지 가서 하이 투-페어를 가지고 있더라도 "이길 수 있다"는 나름대로의 생각이 드는 한 조금이라도 더 베팅을 하여 상대로부터 콜을 유도해낼 수 있어야 한다. 그런 실력의 소유자라면 그는 이미 어느 정도 이상의 고수 대열에 들어가 있는 사람이라고 보아도 틀림없다. 그렇다면 과연 히든에서의 베팅과 공갈을 체포하는 요령이 어떤 관계가 있는지 지금부터 알아보기로 하자.

예를 들어, 포커를 좋아하는 S라는 사람이 있다고 하자. 그런데 이 사람의 베팅 스타일이 바로 히든에 가서 자신이 스트레이트 또는 탑이 좋지 않은 플러시와 같은 카드를 잡고 있을 때 상대가 2명 정도 남아 있는 상황이라면 특히 자신이 보스일 때 항상 '삥'을 달고 나오는 스타일이라고 하자. 그렇다면 과연 이러한 사람이 히든에 베팅을 하고 나올 때는 어떠한 카드일까?

그것은 너무나 당연하다. 그 이상의 카드가 되든지 그렇지 않으면 공갈이라는 것으로 결론이 지어지는 것이다. 경우에 따라서 약간의 차이는 있겠지만, S와 같은 스타일의 사람이 히든에 베팅을 하고 나올 경우, '진카'를 가지고 있다면 아주 높은 메이드가 있을 확률이 상당히 많으며, 또 최소한 어느 정도 이상의 메이드가 있다는 이야기이다.

그렇지 않고 '진카'가 아니라면 하이 투-페어나 트리플 같은 정도의 카드는 거의 나올 확률이 없고, 그것은 공갈이라는 결론이 되는 것이다. 왜냐하면 평상시의 스타일로 미루어 보아서 낮은 스트레이트와 같은 메이드 카드를 가지고도 히든에 가서는 거의 베팅을 하고 나오지 않고 '뺑'을 달고 나오는데, 하이 투-페어 또는 트리플과 같은 카드를 가지고 히든에 베팅을 하고 나올 리가 더더욱 없기 때문이다.

그렇기에 S와 같은 스타일의 사람이 히든에 베팅을 하고 나올 때는 특히 자신의 베팅 위치가 보스일 때 꽤 높은 메이드가 아니면 공갈의 둘 중 한 가지로 압축된다.

다시 말해 상대들이 가장 겁내는 하이 투-페어나 트리플과 같은 카드는 거의 90% 이상이 나오지 않는다는 결론이다. 그렇다면 S의 카드는 메이드가 되었는지 아닌지를 잘 판단해본다면 답이 훨씬 쉽게 나올 수 있는 것이다.

S와 같은 스타일의 사람은 공갈을 별로 시도하지 않는 것이 사실이다. 하지만 어차피 S와 같은 사람이라도 100% '진카'만을 가지고 베팅을 하는 것은 아니라고 볼 때 분명히 공갈은 있을 수 있는 것이다.

이런 스타일의 사람들은 대표적으로, 자신의 액면이 나쁠 때는 절대로 공갈이 없지만, 자신의 액면이 메이드처럼 보이기 쉬울 때 특히 플러시 쪽으로 공갈이 간혹 나온다는 사실을 간과해서는 안 된다.

이것이 바로 하수들의 가장 큰 공통점이며 바꾸어 말해서, 하수들일수록 자신의 액면이 나쁜데도 베팅을 한다는 것은 거의 100% 무엇인가 좋은 카드가 숨겨져 있다고 보아도 무방하다는 이야기가 된다.

이것은 대단히 중요한 이야기이다. 앞의 〈공갈을 치는 법〉 편의 (1) '고수에게는 자신의 액면이 나쁠 때 공갈을 시도하고, 하수에게는 자신의 액면이 좋을 때 공갈을 시도하라' 부분과 함께 연결해서 이해하기 바란다. 이렇듯 S와 같은 스타일의 사람을 상대로 게임을 한다면 아주 편안하게 게임을 할 수가 있는 것이다.

반대로 앞의 〈베팅의 요령〉 중 7) '히든에서도 베팅을 해야 한다' 부분을 잘 이해하고 있는 상대(이 사람을 편의상 H라고 부르자)와 게임을 하게 된다면 히든에 가서도 H의 카드를 파악하기가 굉장히 힘들어진다. H가 히든에 베팅을 하고 나왔는데 그의 카드가 과연 무엇인지? 하이 투-페어인지, 트리플인지, 메이드인지, 아니라면 공갈인지 진단 내리기가 S라는 사람과 비교해 훨씬 더 어렵다는 것이다.

거의 모든 사람들이 H와 같은 사람과 정면승부를 할 경우에는 적지 않은 부담을 느끼게 되지만, S와 같은 스타일의 사람과 승부할 때는 그다지 큰 부담을 느끼지 않게 된다. 포커게임을 하는 데 있어서 상대가 "저 사람은 왠지 부담스럽다" 또는 "저 사람한테는 자신 있어" 하고 느끼는 그 차이는 실제 게임에서도 참으로 엄청난 영향을 준다.

상대를 겁내고 두려워해서는 그 게임은 이미 반 이상 지고 있는 것이며, 상대를 만만하게 보고 자신감을 가지고 여유 있는 게임 운영을 한다면 그것은 이미 반 이상 이기고 있는 것이다.

그만큼 포커게임 역시도 다른 모든 운동경기들과 마찬가지로 상대를 정확히 파악하고 그에 따른 올바른 대응방법을 잘 이용할 때 훨씬 승률은 높아지는 것이다. 그렇기에 상대의 스타일이 히든에 가서 '어떤 카드를 가지고서 베팅을 하는 스타일' 인지를 되도록 빠른 시간 내에 정확히 파악하는 것이 얼마나 중요한가는 재삼 강조할 필요가 없을 것이라 생각된다.

3) 내 액면을 보고는 레이즈를 할 수 없는 상황인데도 레이즈가 날아올 때

이것은 약간 고차원적인 방법이기에 그 의미를 잘 이해하여야 할 것이다. 이 방법은 작은 판이 아닌 어느 정도 이상이 되는 큰판에서 많이 적용되며, 반드시 히든에 상대방에게서 레이즈가 날아왔을 때의 상황을 이야기하는 것이라는 점을 명심하기 바란다.

이것은 그리 흔하게 나오는 경우가 아닌 것은 사실이

지만, 베팅과 공갈의 요령 가운데 중요한 한 가지로써 반드시 알아두어야 할 가치는 분명히 있는 것이다.

이 경우 가장 대표적인 케이스가 바로, 나의 액면에 높은 원-페어A, K, Q를 깔아놓고 히든에 베팅을 하고 나갔는데 레이즈를 맞았을 경우이다. 이것은 상대가,

① 스트레이트 또는 플러시 등의 메이드로써 나의 카드를 투-페어나 트리플로 생각하고 콜을 받아먹으려고 할 때.

② 실제로 무지무지하게 좋은 카드를 가지고 있어서 포-카드, A 풀-하우스 등 나에게 무조건 이길 자신이 있을 때.

③ 나를 하이 투-페어로 보고 공갈로써 죽이려고 할 때.

①∼③의 세 가지 케이스 중 한 가지인 것만은 누가 생각하더라도 틀림없는 사실이다.

여러분은 과연 상대가 ①, ②, ③ 가운데 어떤 카드를 가지고서 베팅을 했으며, 또 ①, ②, ③ 각각의 가능성이

어느 정도 되는지 100% 정확하게는 알 수 없는 것이지만, 조금이라도 더 사실에 가까운 판단을 할 수 있어야 한다.

그러면 어떤 상황에서 상대를 인정해야 하는지 또 어떤 상황에서 상대의 카드를 "이번에는 정말 별게 없어"라는 나름대로의 확신을 가지고 콜을 하고 확인해볼 가치가 있는지를 지금부터 한 가지씩 알아보기로 하자.

우선 ①의 경우는 일단 누구라도 쉽게 결행하기 어려운, 확신에 가까운 정확한 판단력을 가지고 있는 실력자만이 시도할 수 있는, 아주 높은 차원의 베팅실력이라고 할 수 있을 정도로 힘든 경우이다.

누구든 웬만한 메이드를 가지고 있는데 히든에 상대방이 액면에 페어를 깔아놓고서 베팅을 하고 나오면, 일단은 "저거 풀-하우스 아니야?" 하며 추위부터 느끼게 되며 콜을 하는데 급급한 정도이지 레이즈를 생각하는 사람은 거의 없는 법이다 물론 똑같은 상황이 6구에서라면 상황은 많이 바뀌어진다.

그렇기 때문에 ①과 같은 상황은 상대방이 중원의 무대를 휩쓸 정도의 고수가 아니라면, 또는 이것저것 전

혀 모르는 아주 하수가 아니라면 실제로는 거의 일어
나기 쉽지 않은 상황이라고 보아도 무방하다특히 어느
정도 이상의 큰판에서는 절대적이다.

이와 같은 이론을 이해하게 되면 결국, 내가 액면에
페어특히 하이 페어를 깔아놓고서 히든에 베팅을 하고
나갔는데 상대에서 레이즈가 날아오는 것은 거의 ②와
③의 경우가 대부분이라고 볼 수 있다.

그런데 누구라도 알고 있듯이, ②와 같은 경우는 레
이즈를 한 상대의 액면과 여러 가지 빠진 숫자 등등으
로 조금은 판단의 실마리를 잡을 수 있으며상대가 워낙
좋은 카드이기 때문에, ②와 같은 경우가 아니라면, 앞의
설명대로 플러시나 스트레이트와 같은 카드를 가지고
서는 레이즈를 하기는 아주 어려운 상황이기에 ③의
상황이 될 확률이 꽤 있다는 결론이 나온다.

그렇기에 이때 역시도 레이즈를 한 상대방의 평소 게
임 스타일을 미리 잘 파악해두고 있는 상태라면 상대
에 따라서 여러 가지 상황을 잘 종합 판단하여 공갈을
잡아내는 시도를 해볼 가치가 있다는 것이다. 하지만

이것은 상당한 수준의 실력이 뒷받침되어야 할 정도로 위험 부담이 크게 따르는 만큼, 그저 '이러한 것도 있다' 라는 정도로만 알아둔 채 실전에는 이용하려고 노력하지 말라고 말하고 싶다.

여러분의 실력이 기본적인 모든 것을 완벽하게 이해하고 실전에 능수능란하게 이용할 수 있는 단계를 초월한다면, 그때 가서는 지금의 이야기가 피부에 와닿게 될 것이다. 그렇게 되고 난 후에 실전에 이용할 것인가, 말 것인가를 결정해도 늦지 않다는 것이다.

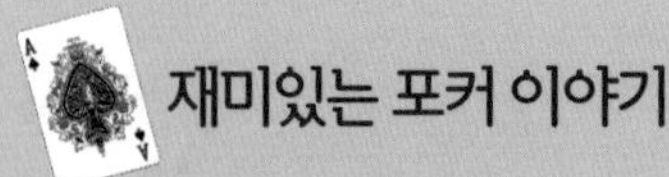

재미있는 포커 이야기

Even good gamblers don't know what will happen in one big game, but they know what will happen in a hundred small games.

★ 승부의 흐름

승부의 흐름이란 참으로 오묘하다.

승부의 흐름이 좋을 때는 어려운 확률을 뚫고 원하는 카드가 들어와서 힘들이지 않고 행운의 큰 승리를 얻는가 하면, 반대로 흐름이 나쁠 때는 아무리 유리한 상황에서도 역전을 당하는 불운한 경우가 자주 발생하곤 하기 때문이다.

　　과학적 근거는 없지만 이처럼 모든 승부가 걸린 게임에서 승부의 흐름은 항상 승패를 가름하는 결정적 역할을 한다. 따라서 일류 실력자가 되려면 반드시 승부의 흐름이라는 변수를 잘 이용하여 자신의 편으로 만들 줄 알아야 한다. 과연 자신에게 오지 않고 있는 승부의 흐름을 자신에게 돌릴 수 있는 것일까?

　　승부의 흐름이란 천기天氣에 해당한다. 그렇기에 승부의 흐름을 돌린다는 것은 천기를 돌리는 것이라 할 수 있다. 그렇다면 사람의 힘으로 어찌 천기를 돌릴 수 있으련만, 그렇다고 해서 무작정 기다리기만 한다면 이것은 또한 승부사로서의 바람직한 마음 자세가 아니다. 일류 승부사라면 승부의 흐름을 자신에게 돌리려는 노력을 해야 한다는 의미이다.

　　흐름이 안 좋다고 느껴질 때 자리를 잠시 비운다든지, 게임 종목을 바꾼다든지, 좋은 패를 들고도 몇 판을 계속 드롭한다든지, 음료수를 일부러 엎질러 분위기를 환기시킨다든지 하는 식으로 포커 게임의 실력자라면 누구나 승부의 흐름을 바꾸어보려는 자기 나름대로의 방법을 가지고 있는 것이 보통이다. 물론 이러한 행동이 꼭 효과를 가져다줄지는 아무도 장담하지 못하지만, 의외로 그러한 노력이 효과를 거두는 경우도 심심치 않게 발생한다는 것만은 분명한 사실이다.

승부의 흐름이란 오묘한 현상을 중시하는 것은 우리나라의 포커게임에서 뿐만이 아니다. 세계에서 가장 과학적이고 합리적이라는 미국의 라스베이거스에서도 아주 중요시하고 있다는 점이 흥미롭다.

라스베이거스 카지노의 통제실에서는 딜러의 실수나 플레이어들의 부정행위들을 감시하는 역할도 하지만 그것보다 훨씬 더 큰 목적은 속칭 '잘 나가는' 플레이어들의 승부 흐름을 바꾸어놓기 위해서라고 한다. 즉, 플레이어들 가운데 돈을 많이 따고 있는 플레이어들의 게임 운영방식을 온갖 시스템을 동원하여 분석한 후, 합법적인 범위 안에서 여러 가지 방법으로 게임의 흐름을 바꾸어 플레이어들의 분위기를 가라앉히려 한다는 것이다.

예를 들어 갑자기 딜러가 바뀐다든지, 딜러가 카드를 새것으로 바꾼다든지, 딜러가 중간에 게임을 중단시키고 칩을 세든지 매니저를 부르는 등등 이러한 모든 행동이 시간을 끌면서 게임의 흐름을 바꾸어 플레이어들의 상승세를 꺾으려는 카지노 측의 의도적인 전략인 것이다. 그리고 이러한 전략은 실제로 그 효과가 상당히 높아 라스베이거스의 거의 모든 카지노에서 이용하고 있다고 전해진다.

이처럼 승부가 걸린 모든 게임에서 승부의 흐름을 파악하는 것은 게임을 운영하는 테크닉을 얻는 것보다 훨씬 더 중요한 요소로 작용한다.

테크닉은 노력에 의해 얻을 수 있는 것이지만, 흐름을 파악하는 것은 동물적인 감각이 있어야만 하는 것이기에 그 가치가 더욱 높게 평가되는 것이다. 그래서 "테크닉을 아는 것은 은을 얻는 것이고, 흐름을 아는 것은 금을 얻는 것이다"라는 말이 오래도록 포커게임의 명언으로 이어져 내려오는 것이다.

이것은 실제 상황에서 참으로 자주 접하게 되는 케이스이다.

5·6·8의 액면에서 6구째에 4 또는 9가 떨어져서 스트레이트 메이드가 된다는 것은, 5구에 이미 7을 손안에 가지고 있어서 양방 스트레이트의 높은 가능성을 가지고 있는 상황이다.

그리고 이러한 상황이라면 5구째 베팅에서 '땅-땅-' 또는 레이즈를 해볼 수도 있으며, 또 상대가 그런 베팅을 했을 때 충분히 콜을 하고서 승부를 걸어볼 수 있는 상황이다.

그런데 5·6·8을 5구째에 깔아놓고서 '땅-땅-' 또는 레이즈를 스스로가 했거나, 상대가 했을 때 콜을 하였는데 6구째에 7이 떨어지면, 과연 이러한 상황은 어떻게 보아야 하겠는가? 이것은 한 마디로 말해서 특별한 상황을 제외하고는 거의 90% 이상이 메이드가 아니라고 보아도 무방하다.

왜냐하면 5구째에 5·6·8의 액면을 놓고서 6구째에 7이 떨어져 액면은 아주 좋아졌지만, 7이 떨어져서 스트레이트 메이드가 되었다는 것은 5구에서 '이빨 끼우기 스트레이트'를 가지고 '땅-땅-' 또는 레이즈를 했거나, 상대가 그러한 레이즈를 했을 때 들어왔다고 보아야 한다. 실제로 카드의 가장 기본적인 실력만 가지고 있는 사람이라면 이러한 식의 베팅이나 게임 운영은 결코 하지 않기 때문이다.

그렇기에 그러한 상황에서 6구째에 7이 떨어지는 것은 액면 상으로는 4 또는 9가 떨어지는 것보다 상대에게 훨씬 겁을 주는 액면이긴 하지만, 베팅 상황을 참고하여 잘 판단해본다면 어떤 숫자가 떨어졌을 때가 메이드의 가능성이 많은지는 금방 알 수 있을 것이다.

다시 얘기해서, 보통 판보다 어느 정도라도 거센 베팅의 판인데도 5·6·8을 깔아놓고서 승부를 포기하지 않는 것은 일단 양방 스트레이트 또는 이미 5구째 메이드가 되어 있을 수도 있는 상황이라고 보아야 한다.

그렇기에 그러한 상황에서 6구째에 4 또는 9가 떨어지게 되면 메이드의 확률이 상당히 높아지는 것이지만, 6구째에 7이 떨어지는 것은 이미 5구에 메이드된 것이 아니라면 손 안에 가지고 있던 7과 페어가 되었을 뿐 6구째 메이드가 되었을 확률은 특별한 경우를 제외하고는 별로 없다고 볼 수 있다는 것이다.

그러면 앞의 특별한 경우는 어떤 경우를 뜻하는 것인지 한 가지씩 알아보기로 하자.

① 이미 5구에 메이드가 되어 있는 상황일 때

② 5·6·8을 깔아놓고 있는데 실제로 노리는 것은 플러시 쪽의 포-플러시로서, 7이 왔을 경우 덤으로서 '스트레이트 이빨 끼우기'가 맞았을 때

③ 5·6·8을 깔아놓고 손에는 3·4를 들고 있어서 3·4·5·6으로 양방 스트레이트 비전이 될 때

④ 5·6·8을 액면에 깔아놓고 손에는 '4와 8', '4

와 4', '6과 9'와 같이 원-페어와 '스트레이트 이빨 끼우기'를 동시에 볼 경우

①~④의 네 가지 경우가 앞에서 말한 '특별한 경우'에 해당하는 것이라 할 수 있다. 그러나 ④의 경우에는 일단 거센 베팅을 받고서 승부를 하는 것이 상당히 무리한 상황이라 볼 수 있다.

결국 가능성은 ①~③의 세 가지로 압축된다고 보고, 이 세 가지 중의 어떤 케이스도 아니라면 일단 6구에 7이 떨어지는 것은 메이드의 확률이 거의 없다고 생각할 수 있으며, 이때는 6구에 4 또는 9가 떨어지는 것이 훨씬 더 신경을 써야 하는 카드인 것이다.

그렇다면 5 · 6 · 8의 액면에서 7이 떨어졌을 때 주의해야 할 상황은 어떤 경우인가?

5구에서 별다른 '땅-땅-'이나 레이즈와 같은 베팅이 없이 서로 기본적인 베팅 한 번과 콜만을 한 상황이라든가, 아니면 모두가 '체크', '굿'을 한 상황과 같이 아주 평범한 판에서는 6구에 7이 떨어지는 것이 4나 9

가 떨어지는 것보다 훨씬 메이드의 가능성이 많다고 봐야 한다.

앞의 이론을 잘 생각해보면 바로 이해가 될 수 있겠지만 한 번 더 반복해서 설명한다면, 가장 중요한 것은 5·6·8을 5구째에 깔아놓고 있는 카드가 5구에서 양방 스트레이트인지, 아니면 이빨 끼우기 스트레이트인지를 5구의 베팅 상황으로서 정확히 판단해두는 것이라는 점을 명심하라는 점이다.

그렇기 때문에 6구에 상대가 스트레이트성의 액면 예 ; '7·10·8·9', '5·2·4·6', '9·8·J·10', '6·9·8·10' 등을 깔아놓고서 베팅을 하고 나올 때, 지금의 이론을 잘 이해하고 있는 상태에서 상대의 성격과 게임 스타일 등등을 종합 판단하여 어떤 경우에 "저건 메이드가 없어", "저건 거의 메이드 상황이야" 하는 나름대로의 확신을 가지고서 승부를 한다면 훨씬 높은 승률을 기대할 수 있다고 필자는 확신한다.

물론 처음에는 많은 판단착오와 실패를 겪겠지만, 모든 이론을 정확히 이해하고 확실한 찬스를 기다려서 상대의 공감에 대응한다면, 무작정 '느낌' 또는 '기분' 만으로 상대를 대하는 것보다는 반드시 훨씬 높고 정확한 적중률을 기대할 수 있게 되는 것이다.

5) ㉮ 플러시는 액면에 3장이 있을 때 공갈을 시도한다
㉯ 스트레이트는 액면에 4장이 있을 때 공갈을 시도한다 스트레이트는 액면에 3장이 있을 때는 거의 공갈을 시도하지 않는다

포커게임을 하는 사람이면 누구나 상대의 액면에 플러시 쪽의 같은 무늬가 3장이 떨어지면 일단은 "저거 플러시 아냐?" 하며 어느 정도 경계를 하게 된다. 그러나 상대의 액면에 스트레이트성의 숫자가 3장 '7·9·8', '7·8·10' 등 떨어진다 하여 "저거 스트레이트 아냐?" 하며 스트레이트를 경계를 하는 사람은 거의 없다. 공갈이라는 것의 가장 중요한 포인트 중 한 가지가 바로 '상대가 인정해주어야 성공할 수 있다'는 점이다.

그런 의미에서 볼 때 플러시 쪽의 액면은 같은 무늬가 3장이 있을 때, 앞에서 얘기했듯이 누구라도 "저거 플러시 메이드 아냐?"라는 생각을 한 번씩은 모두 해보기 때문에 공갈의 찬스로써 시도하는 경우가 꽤 많은 것이 사실이다.

그리고 플러시 쪽의 그림이 액면으로 4장이 된다면 더더욱 그럴 확률이 높아지는 것은 당연하다. 모두가 어느 정도 인정을 하고 있는 상태이기 때문이다.

그런데 스트레이트성의 액면은 4장이 떨어져 있을 때 모든 사람들이 비로소 "아, 저거 스트레이트 메이드가 되었겠구나"라며 신경을 쓰고 인정하게 되는 것이지, 5~6구째에 '7·8·9' 또는 '5·6·8' 등과 같이 3장의 스트레이트 액면을 보고서는 누구라도 크게 신경 쓰지 않으며, 스트레이트 메이드로는 더더욱 인정하려 하지 않는다.

그렇기 때문에 스트레이트성의 카드를 액면에 3장을 깔아놓고서는 웬만해서는 공갈을 시도하지 않게 된다. 아무도 인정을 해주지 않으니까.

여기서 우리가 알고 넘어가야 할 부분은, '스트레이트성 액면을 3장 깔아놓고서 6구에도 계속해서 베팅을 주도할 때는 반드시 무언가가 있을 확률이 높다' 예를 들어, 하이 투-페어나 트리플과 같은 카드. 또는 실제로 스트레이트 메이드가 되어 있는 경우는 것이다.

대부분의 사람들이 인정하려 하지 않는데도 꿋꿋하게 베팅을 한다는 것은 베팅을 하는 사람이 정신병자가 아닌 이상 분명히 무엇인가 믿을 구석과 자신이 있다는 결론이 되는 것이다. 결코 이런 상황에서는 공갈이 나오기 어렵다는 뜻이기도 하다.

그러면 과연 어떠한 액면의 카드가 그런 것인지 간단하게 그림으로 몇 가지 예를 들어보기로 하자.

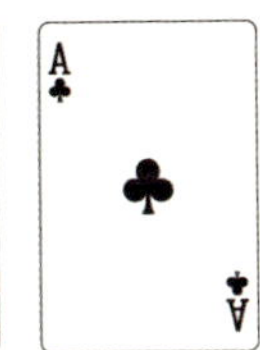

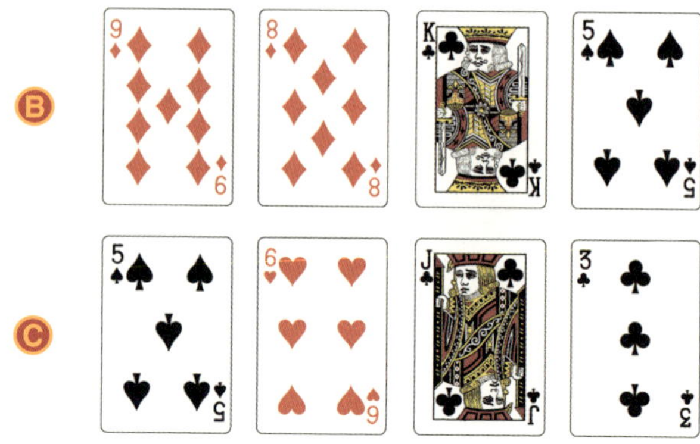

대표적으로 [A]~[C]와 같은 종류의 카드를 가지고서 6구에 레이즈를 하거나 베팅을 주도한다면 그것은 대부분 스트레이트 메이드일 확률이 많고, 또 스트레이트 메이드가 아니라 할지라도 하이 투-페어나 트리플과 같은 높은 카드가 6구 현재 되어 있을 가능성이 상당히 높다.

앞에서도 얘기했듯이 누가 보아도 눈에 띄는 액면이 아니기 때문에 이러한 카드를 가지고서 공갈을 시도하는 사람은 거의 없다는 의미이다. 그렇기에 [A]~[C]와 같은 액면을 가지고서 6구에 레이즈를 하여 공갈로써 상대들을 압도하여 그 판을 승리하였다면 그것은 가히 고수다운 탁월한 베팅 실력으로써 승리한 것이다.

그러한 공갈을 잡아내려고 하는 것은 애초부터 무리이며 위험 부담이 너무 크기에 아예 잡아내려는 생각을 버리는 것이 현명하다고 하겠다. 그것은 상대가 베팅을 잘해서 이긴 것이지, 당신의 실력이 없어서 공갈을 체포하지 못하는 것은 아니기 때문이다.

6) 공갈을 잡아낼 때는 A 원-페어나 A 투-페어는 똑같은 카드

포커게임을 하는 데 있어서 'A 원-페어'와 'A 투-페어'의 차이는 참으로 엄청나다. 포커게임에서 2, 3판 중 1판 정도는 A 투-페어면 이길 수 있는데, A 원-페어에서 투-페어를 뜨지 못해 지는 경우가 나올 정도로 A 원-페어와 A 투-페어의 차이는 엄청나게 큰 것이 분명한 사실이다.

그런데 게임을 하다 보면 "에이, 여기서 투-페어를 못 건지네"하며 A 원-페어 혹은 K 원-페어에서 말랐다고 하여 히든에서 숨도 안 쉬고 카드를 꺾는 사람들이 참으로 많다. 물론 A 원-페어에서 투-페어를 뜨느냐 못 뜨느냐에 따라서 승패가 결정되는 것이 대부분이긴 하다.

이때 우리가 알아두어야 할 중요한 포인트는, A 원-페어에서 투-페어를 뜨느냐 못 뜨느냐에 의해 승패가 결정된다는 것은, 히든에서 상대가 베팅을 하지 않고서 '체크' 또는 '삥'을 달고 나왔을 경우를 이야기한다는 것이다. 이때라면 A 투-페어와 A 원-페어의 차이는 실제로 천당과 지옥이 된다. 그러나 히든에 상대가 베팅을 하고 나왔을 때는 상황이 상당히 달라진다. 히든에 가서 상대가 베팅을 하고 나왔다는 것은 실제로 좋은 카드를 가지고 있어서 그 판을 이길 자신이 있든지, 공갈이든지 둘 중 한 가지이다.

물론 대부분의 경우가 좋은 카드를 가지고서 이길 자신이 있어서 베팅을 하는 것이겠지만, 공갈이 나올 가능성도 배제할 수는 없는 것이다.

그렇다면 여기서 우리가 생각할 수 있는 것은, 히든에 베팅을 하고 나온 상대가 실제로 좋은 카드를 가지고서 자신 있게 베팅을 한 것이라면, A 원-페어든 A 투-페어든 어차피 이쪽에서 이길 가능성이 거의 없다고 보아야 한다. 그리고 만약 히든에 베팅을 하고 나온 그 상대가 공갈을 시도했던 것이라면, 마찬가지로 A 원-페어든, A 투-페어든, 이길 수 있는 똑같은 카드라는 것이다.

앞의 〈공갈을 치는 법〉의 (4) '투-페어는 공갈을 치지 않는 카드' 부분을 참고하여 다시 한번 잘 이해한다면 금방 피부에 와 닿을 것이다. A 원-페어에서 A 투-페어를 뜨는 것은 단지 기분 상으로 위안이 될 뿐, 실제로 승패에는 크게 영향을 주지 않는다는 것이다 히든에 상대가 베팅을 했을 경우에 한해서이다.

실제 포커게임을 하다 보면 참으로 수없이 많은 하수들이 "에이, 투-페어를 못 뜨네, 투-페어를 못 떠……" 하며 투덜거리는 소리를 들을 수 있다. 그러나 이제부터는, 어떤 경우에는 반드시 A 원-페어 혹은 K 원-페어, Q 원-페어에서 투-페어를 떠야 하는지, 어떤 경우에는 A 원-페어에서 A 투-페어를 뜨는 것이 승패에 큰 영향을 주지 않는지를 정확히 판단할 수 있어야 한다.

간단하게 한 번 더 요약해 보면, 히든에서 서로 큰 베팅이 없을 경우에는 A 원-페어에서 투-페어를 뜨는 것이 바로 승리로 직결되는 상황이 틀림없다. 하지만, 히든에서 상대가 베팅을 한 경우라면, A 원-페어에서 A 투-페어를 뜨는 것이나 못 뜨는 것이나 기분상의 차이일 뿐 승패에는 거의 영향을 주지 않는 상황이라는 것을 반드시 명심해 두기 바란다.

앞에서도 얘기했지만, A 원-페어에서 A 투-페어를 뜬다는 것은 상대방이 오직 투-페어를 가지고 있을 때만 그 의미가 있으며 그 이외의 경우에는 아무런 차이가 없는데, 상대가 만약 투-페어일 경우에는 어차피 히든에서는 거의 베팅을 하지 않고 '체크' 또는 '뺑'을 하기 때문이다 투-페어로는 히든에 공갈을 시도하지 않는다.

> **66** 현명한 겜블러는 이겼다는 그 자체에서 가장 중요한 가치를 느낀다. **99**
>
> A wise gambler takes victory as the biggest value.

★ 스타일

포커게임을 즐기다 보면 아주 튼튼한 플레이를 선호하여 웬만한 카드로는 승부를 걸지 않으려는 수비형 스타일이 있는가 하면, 기회만 생기면 판을 흔드는 전형적인 공격 스타일의 플레이어들도 많다. 수비형이 안전에 먼저 비중을 두는 플레이라면 공격형은 승부를 먼저 생각하는 스타일인 것이다.

　물론 수비형이건, 공격형이건 일류 수준에 오른 고수들이라면 언제나 한결같이 그 스타일을 유지해서는 곤란하다. 상황과 상대에 따라 카멜레온과 같은 변신을 해야 함은 너무도 당연하고 기본적인 사항이라는 의미이다. 그렇다면 과연 어떤 스타일이 더 바람직한 것일까? 일반적으로 포커게임의 고수들을 3단계로 분류하면, 3등급에 해당하는 그저 평범한 고수들은 거의 대부분 공격형이라 할 수 있다.

　이 등급의 고수들은 자신보다 수준이 낮은 하수들에게는 좋은 승률을 기록할 수 있지만, 자신보다 고수를 만나게 되면 큰 피해를 입는 경우가 많다. 정상급의 실력을 갖추지 못한 상태에서 공격적인 흔드는 플레이를 하는 것은 위험성이 많기 때문이다. 다시 말해 자신을 지키는 스타일이 아니기에 피해를 볼 때 큰 타격을 입는 일이 비일비재하다는 의미이다.

　3등급의 공격형 선수들에게 저승사자로 군림하는 실력자가 2등급 고수인데 이들은 대부분의 경우 수비형 스타일이고 정상급의 뛰어난 실력자들이다. 그리고

이 스타일이 가장 이상적이고 안정적이라고 할 수 있
다. 2등급의 수비형 스타일은 게임이 잘 안 풀리더라
도 큰 피해를 입는 경우가 드물기 때문에 어느 곳에서
어느 선수와 게임을 해도 자신의 몸을 지킬 수 있다는
것이다.

그러나 수비형으로서는 아무리 일류 고수가 되어도
한계에 막힐 수밖에 없다. 수비형은 자신의 몸을 지키
는 데는 뛰어나지만, 게임 중에 상대들에게 부담이나
위협을 주지 못하기 때문이다. 그렇기에 수비형과 게
임을 하게 되면 그 사람을 상대로 이기기는 어렵더라
도 부담이나 두려움을 크게 느끼지 않는다. 수비형의
플레이는 거칠지 않기에 편안한 마음으로 게임할 수
있다는 이야기이다.

게임 중에 상대에게 압박이나 부담감을 준다는 것은
게임 결과에 상당히 큰 영향을 주는 부분이다. 특히 공
격형의 초일류 고수들과 게임을 하게 되면 굉장히 부
담이 된다. 그들은 거침없는 베팅과 레이즈로 쉼 없이
판을 흔들기 때문에 상대들은 게임 내내 계속 긴장과

불안함을 느끼게 되고, 이러한 현상은 결국 게임의 주도권을 빼앗기고 끌려 다니는 소극적인 운영을 하게 되는 것으로 이어진다. 그렇게 되면 이미 게임에서 져 있는 것이나 마찬가지이다. 이러한 플레이어들이 진정한 1등급인 것이다.

그렇기에 최고 수준의 탑 플레이어가 되려면 공격형 선수가 되어야 한다는 것이다. 수비형 선수라 하여 최고 수준에 오르지 못하는 것은 아니겠지만, 어찌되었건 탑 중의 탑 플레이어들의 대부분이 공격형 선수인 것만은 분명한 사실이다.

공격형이 되려면 확실한 실력을 갖추어야 한다는 점이 필수적인 요소이다. 어설프게 공격스타일을 유지하다가는 큰 손실을 입을 가능성이 너무도 높아서 위험 부담이 크기 때문이다. 따라서 겜블러들이 아닌 보통의 아마추어 포커 마니아들에게는 주저하지 말고 수비형을 선택하라고 권하고 싶다. 승부보다는 안전을 우선 생각하고 게임을 즐길 줄 알아야 한다는 것이다.

**7) 히든에서 상대가 액면에 원-페어를 깔아놓고
서 베팅하고 나올 때**

**① 하이 원-페어를 깔아놓고서 베팅을 하고
나올 때
② 로우 원-페어를 깔아놓고서 베팅을 하고
나올 때**

우선 ①의 경우에 대해 알아보기로 하자.

예를 들어 액면에 'K 원-페어'를 깔아놓고서 히든
에 베팅을 하고 나올 경우, 당신은 그 패를 무엇으로 생
각하겠는가? 무엇인가 메이드가 되었든가, 아니면 풀-
하우스이든가, 트리플 또는 투-페어, 아니면 K 원-페
어로 말라서 상대를 죽이려고 베팅을 한 것일까?

그것은 아무도 알 수가 없다. 하지만 아주 중요하고
분명한 사실 한 가지는, K 원-페어를 액면에 깔아놓고
서 히든에서 베팅을 한다는 것은 K 투-페어만은 거의
아니라는 점이다.

오히려 액면에 깔려 있는 K 원-페어로 말라서 'K

투-페어로 보아달라’고 베팅을 하는 경우는 흔히 있지만, 어느 누구든지 "저건 K 투-페어야"라고 생각하고 있는 상황에서 실제로 ‘K 투-페어’를 가지고 있을 때는, 정말로 상당한 수준에 올라서 상대의 패를 나름대로 확신을 가지고 정확히 파악한 후 K 투-페어로 이길 수 있다고 생각하는 것이다.

상대방이 낮은 투-페어로써 콜을 하기를 기대하며 베팅을 하는 정도의 정상급 고수가 아니라면, 자신의 액면에 K 페어를 깔아놓고서 히든에 가서 K 투-페어로써 베팅을 하는 경우는 거의 없다는 이야기이다.

상대가 액면에 높은 페어를 깔아놓고서 히든에 베팅을 하고 나오면 거의 대부분의 하수들은 "저건 최소한 투-페어 이상……"이라고 단정 지어 생각해버리고, 자신이 상대방의 액면에 깔려 있는 페어보다 낮은 투-페어일 경우에는 숨도 안 쉬고 카드를 꺾어버린다.

하지만 여기서 우리가 알고 넘어가야 할 중요한 점은, 당신이 낮은 투-페어를 가지고 있는데 상대가 액면에 높은 원-페어를 깔아놓고서 베팅을 하고 나왔을 때, 당신이 가장 겁내는 상대의 카드는 풀-하우스도, 메이드도, 트리플도 아닌, 바로 투-페어이다.

어차피 상대의 카드가 투-페어 이상이라면 지는 것은 마찬가지인데, 상대가 풀-하우스든, 투-페어이든 무슨 상관이 있냐는 것이다. 그렇기 때문에 당신은 상대의 카드를 "아, 저건 최소한 투-페어는 되겠구나"라며 생각하겠지만, 그것은 엄청난 판단착오이다. 오히려 "아, 죽어도 투-페어는 아니구나"라고 판단하는 것이 훨씬 더 정확한 판단이라는 것이다.

그 이유는 앞에서도 얘기했던 것과 같이, 액면에 하이 원-페어를 깔아놓고서 실제로 투-페어를 가지고 있을 때는 거의 모든 사람들이 히든에 '삥'으로서 게임을 마무리하려고 하기 때문이다.

그렇다면, "죽어도 투-페어는 아니다"라는 판단이 든다면 그때부터는 여러 가지 상황과 어떤 카드들이 빠졌는지, 베팅을 한 사람의 평소 스타일은 어떤지 등등 모든 것을 종합 판단하여 나름대로 "저건 트리플 이상, 혹은 메이드인 것 같다"라든지, 그게 아니라면 "저건 공갈이야, 원-페어밖에 없어"라는 확신이 든다면 낮은 투-페어로서 콜을 하고 승부를 충분히 걸어볼 수 있다는 것이다.

물론 이런 경우에 위험 부담이 따르는 것은 틀림없는 사실이고, 또 공갈을 잡아내려고 마음먹고 게임을 해서는 안 되는 것이지만, 여러 가지 상황이 맞아떨어져서 당신의 판단에 확신이 설 때에는 과감하게 승부를 걸 줄도 알아야 한다.

어차피 포커게임의 끗발이라는 것은 누구에게나 비슷하게 들어온다고 생각했을 때, 나는 실제로 높은 카드를 한 번 잡기가 그렇게도 어렵고 힘든데 상대방이라고 해서 높은 족보를 쉽게 잡을 수는 없는 것이니까 말이다.

지금까지의 설명을 간단히 요약하면,

"상대가 액면에 높은 원-페어를 깔아놓고서 히든에 베팅을 할 때는 80~90% 이상은 투-페어는 아니다"는 한 가지 사실을 잘 이해하여 여러 가지 상황에 잘 응용할 수만 있다면 당신의 실전에 많은 도움이 될 것임을 확신한다.

그러면 이번에는 ②의 경우를 보기로 하자.

②의 경우도 근본적으로는 ①과 비슷한 맥락으로 이해하는 것이 기본이지만, ①과 ②의 경우에는 결코 무시해서는 안 될 차이가 있다.

우선 ①의 경우는 액면에 높은 원-페어를 깔아놓은 상태에서 히든에 베팅을 하는 것이고, ②의 경우는 액면에 낮은 원-페어를 깔아놓고 베팅을 하는 것이기에, 상황에서 많은 차이가 있다.

결과부터 애기하면, ①의 경우는 투-페어가 거의 나오지 않는 상황이지만, ②의 경우는 하이 투-페어A, K, Q 정도가 나올 가능성이 ①보다는 훨씬 높다는 것이다. 물론 '훨씬'이라고 하여 자주 나온다는 것은 아니고 ①과 비교해서 그렇다는 의미이다. 그렇지만 ②의 경우 낮은 투-페어가 나올 확률이 거의 없다는 것은 ①의 이론과 동일하다.

그러면 왜 ②의 경우에는 낮은 투-페어는 나올 가능성이 거의 없고, 높은 투-페어A, K, Q 정도는 나올 가능성이 꽤 있는 것인지 알아보기로 하자.

우선 ②의 상황에서 낮은 투-페어가 나올 가능성이 희박하다는 것은 ①의 이론과 거의 일치한다고 생각하면 되기에 따로 설명할 필요가 없을 것이라 생각한다. 높은 투-페어가 나올 가능성이 어느 정도 있다는 것은, 액면에 낮은 원-페어를 깔아놓고서 히든에 베팅을 하면 누구라도 그 카드를 정확히 읽는다는 것은 어려운 일이며, 특히 그러한 상황에서 "저건 하이 투-페어야"라고 판단하는 것은 더더욱 힘들기 때문이다.

그렇다면 웬만한 투-페어가 콜을 하고서 확인을 하라고 베팅을 할 수 있는 상황이 충분히 되는 것이다.

①의 경우에는 하이 원-페어를 액면에 깔아놓았기에 자신의 재산이 거의 드러난 상태에서 베팅을 해야 하는 것이기에 실제로 그 투-페어를 가지고 있을 때는 거의 베팅을 하지 않게 되지만, ②의 경우에는 자신의 재산이 아무도 눈치 채기 힘든 것이기에 충분히 베팅을 해볼 만한 가치가 있으며, 그 효과 역시도 여러분이 생각하는 것 이상으로 크다고 할 수 있다.

지금까지 ①과 ②의 상황을 비교·설명하였듯이, ①

과 ②의 상황에서 히든에 베팅이 나온다면 ①보다는 ② 쪽이 훨씬 공갈의 확률이 적다는 것이다. ②의 상황에서 히든에 베팅을 하는 것이 상대방에게 더 많은 괴로움과 고통을 느끼게 하는 것이다. 반면에 ①와 ②의 상황이 모두 공갈이라고 보았을 때는, 공갈이라고 하더라도 ①의 카드에게 이기려면 투-페어가 있어야 하지만, ②의 카드에게 이기려면 액면에 깔려 있는 낮은 원-페어만 이길 수 있으면 된다는 차이가 있다.

쉽게 얘기해서, ②의 상황의 예로서, 상대가 액면에 '3 원-페어'를 깔아놓고서 히든에 베팅을 했을 때, 만약 그것이 공갈이라면 이쪽에서는 '4 원-페어'만 있어도 공갈을 체포할 수 있다는 이야기이다 어차피 낮은 투-페어는 아닐 테니까.

이와 같이 ②의 카드는 액면만으로는 상대에게 큰 위협을 주지 않는 카드이기 때문에 ①과 비교할 때 그만큼 공갈이 적게 나오는 카드라는 것도 명심해두기 바란다.

8) 상대가 플러시성의 액면을 깔아놓고, 그 무늬가 다른 사람들의 액면으로 많이 빠져 있는데도 굳세게 베팅을 할 때는 공갈이 아니다. 플러시가 아니더라도 반드시 무엇인가 '높은 족보'가 있다 반대로 생각하기 쉬움

이것은 실제 포커게임을 하면서 참으로 자주 접하게 되는 상황이다. 그렇지만 거의 대부분의 하수들은 무의식적으로 반대로 대응을 하고 있는 중요한 이론이니 잘 새겨서 이해하기 바란다.

예를 들어, 상대방이 액면에 ♣ 무늬를 3장을 깔아놓고서, 그 주변 다른 모든 사람들의 액면 카드에 ♣가 많이 빠져 있어서 누가 보더라도 플러시 메이드가 되기 어려운 상황인데도 끝까지 꿋꿋하게 베팅을 한다면, 이것은 반드시 실제로 플러시가 메이드 되었거나, 그렇지 않다 해도 상당히 괜찮은 카드 하이 투-페어, 트리플, 스트레이트 등가 숨어 있다는 것이다.

어느 누가 보더라도 "저건 플러시 메이드는 나오기

어려운 카드……"라고 생각하는 상황이라면, 실제로 그러한 액면을 자신의 앞에 깔아놓고 있는 당사자가 자신의 플러시 무늬가 주변에 그렇게 많이 빠져 있는 것을 모를 리가 없다. 아니, 누구보다도 더 잘 알고 있다. 그렇기 때문에 이러한 상황에서 실제로 자신의 손 안에 무엇인가 '좋은 카드'가 있지 않는 한 웬만한 강심장이 아니거나 또는 포커게임을 전혀 모르는 초보자가 아니라면 공갈을 시도하려는 마음을 먹지 않는다는 것이다. 그렇기에 이러한 상황에서 마지막까지 베팅을 하고 나오는 것은 '최소한 무엇인가 있다'고 생각하는 것이 정확하고 현명한 판단이다.

그런데 참으로 많은 하수들이 "저기서 플러시가 어떻게 나와? 저건 무조건 공갈이야"라며 콜을 하는 어리석은 행동을 반복하고 있다. 그리고는 콜을 하고서 승부를 걸어볼 만한 상황에서는 반대로 숨도 안 쉬고 카드를 꺾는 이적행위를 '포커게임의 정석'인 것처럼 신봉하고 있기에, 항상 가장 먼저 올인을 당하고 뒷전으로 물러나야 하는 괴로움을 맛보게 되는 것이다.

상대의 액면에 플러시 무늬가 3장이 떨어져 있고, 또 그때 주변의 액면에 그 무늬가 많이 빠져 있다면, 그 상대가 정신병자가 아니라면 절대로 그러한 상황에서는 공갈을 시도하지 않는다는 것이다. 오히려 다른 사람들의 액면에 그 무늬가 보이지 않을 때 누구든 공갈을 시도하려는 마음을 가져보게 되며, 실제로 그러한 상황에서는 공갈이 나올 가능성이 충분히 있다는 사실을 여러분들은 마음속 깊이 명심해야 할 것이다.

한 가지 비슷한 예를 들어보기로 하자.

상대가 액면에 [A]와 같은 액면을 깔아놓고 있는데 1장이 가운데 끼워지게 되면 스트레이트 메이드가 되는 액면. 양방의 액면은 이론에서 제외, 다른 사람들의 액면으로 '6' 자가 2~3장이 빠져 있는 상황이다.

그런데 그림과 같은 액면을 깔아놓고서 히든에 베팅을 한다면 거의 대부분의 하수들은 "아니, 6자가 액면으로 이렇게 빠졌는데 스트레이트가 있단 말이야?"라며 인정하지 않으려 하지만, 이것이 바로 앞에서 얘기했던 것과 똑같은 이론으로서, 하수들만의 공통적인 특징이라는 것이다.

위의 그림과 같은 카드를 액면에 깔아놓고 있는 당사자는 6자가 몇 장이 빠져 있는지 그곳에 있는 어떠한 사람들보다도 가장 먼저 정확하게 알고 있다는 것은 당연하다. 그것이 자신의 이해득실과 밀접하게 연관되어 있는 것이기 때문이다. 그렇다면 6자가 많이 빠져 있는데도 굳세게 베팅을 한다는 것은 반드시 무엇인가 있다는 것이 아니겠는가?

이것은 확신해도 괜찮을 정도로 정확한 현상이다. [A]와 같은 액면이 깔려 있을 때 오히려 다른 사람들의 액면에 '6' 자가 거의 안 보이는 상황이라면, 이때는 충분히 공갈이 나올 수 있는 상황이다 조금 전의 플러시 무늬를 액면에 3장 깔아놓았을 때의 이론과 동일.

지금까지의 설명에서 알 수 있듯이, 거의 모든 하수들은 상대방의 액면에 그럴듯한 액면이 떨어졌을 때 그 액면과 관계되는 무늬 또는 숫자가 다른 액면으로 어느 정도 빠져 있느냐, 앞에서의 베팅 상황이 어떠했느냐 등으로 "저건 메이드야" 혹은 "저건 메이드가 아니야"의 판단을 하게 되는데, 실제로 여기까지는 어느 누구라도 똑같은 방법으로 상대 카드의 진위를 판단한다.

그런데 최후의 히든에 가서의 판단 결과가 지금까지 설명했던 상황에서는 거의 반대로 나오게 된다는 것이다. 이것이 바로 고수와 하수의 차이이며, 승패를 가늠하는 결정적인 요인이 되는 것이다.

⑧의 내용을 몇 번이고 읽어서 확실히 이해한다면 반드시 여러분들에게 큰 힘이 되어줄 것이다.

지금까지 우리는 공갈에 관한 여러 가지 방법들을 알아보았다. 대표적으로 '공갈을 치는 법'과 '공갈을 잡아내는 법'으로 나누어, 실전에 가장 자주 이용되며 또 가장 중요한 이론을 선택하여 설명하였다.

　지면 관계상 모든 경우를 완벽하게 여러분들에게 설명하지 못하는 아쉬움이 크지만 다음에 또다시 기회가 온다면 더욱 상세히 설명할 것을 약속하며 마지막으로 한 가지만 재차 강조하면서 〈공갈을 치는 법, 잡아내는 법〉 편을 끝내도록 하겠다.

　"절대로 공갈은 자주 시도하려고 해서는 안 되는 것이며, 상대의 공갈을 잡아내려고도 노력하지 말라."

　공갈이란 모든 조건과 상황이 거의 완벽하게 갖추어졌을 때 시도해볼 수도 있으며, 잡아내려고 승부해볼 수도 있는 것이지, 공갈을 치거나 잡아내는 것을 포커 게임의 주된 방법으로 이용하는 것은 절대로 위험할 뿐 아니라 여러분의 승률을 높이는데 오히려 마이너스로 작용한다는 것을 반드시 명심하기 바란다.

재미있는 포커 이야기

"포커는 무모한 용기와 컴퓨터 같은 판단력의 게임이다."

Poker is a game brute courage and computerlike judgement.

★ 방심

제갈량, 장량과 함께 중국 역사상 최고의 지모 가운데 한 명으로 꼽히는 손무는 손자병법의 저자로 더 유명하다. 손무는 군사훈련 중 군기가 해이해졌다 하여 임금이 가장 총애하던 비를 2명이나 참할 정도로 엄격한 군율을 강조하던 인물이다. 또한,

"병사는 하루를 쓰기 위해 백 년을 투자하고 기르는

것"이라는 말로 병사들의 충성과 용기를 내세우기도 했다. 단 한순간의 사용을 위해 백 년을 투자한다고 했지만, 경우에 따라서는 어쩌면 영원히 사용하지 않을지도 모르는 일에 그 오랜 세월을 투자한다는 사실이 무엇을 의미하는지 우리는 한번쯤 음미해봐야 한다.

얼마 전 세계포커대회 결승전에서 라스베이거스 카지노의 딜러 출신인 S는 결승 진출자 중 가장 적은 칩으로 결승에 올라와서 시종 일관 선전, 결국 T와 챔피언을 가리는 1 : 1 상황을 맞이하게 되었다. 처음 결승전을 시작할 당시 이 두 사람의 칩 차이는 무려 15배였다. 그러나 이때는 이미 두 사람의 칩의 차이가 거의 없어 누가 우승을 차지하게 될지 전혀 예측불허의 상황이었다.

물론 지명도에서는 월드시리즈에서 준우승을 차지했던 화려한 경력의 T가 앞섰다. 하지만 오히려 적은 칩으로 처음부터 고비마다 멋진 승부 감각과 행운까지 곁들이며 상승세를 타고 있는 S쪽에 더 높은 점수를 주고 싶을 정도였다. 하지만 대회에서는 예상치 못한 변수와 실수, 그리고 행운이 승부를 가르는 것이 너무도 흔한 일이기에 아무도 우승자를 장담할 수는 없었다.

결승전 시작부터 시종일관 그렇게도 탄탄하고 안정된 운영을 해오던 S가 단 한순간 어이없는 실수를 하게 되며 그것으로 승부는 바로 막을 내리게 되었다. 그 실수는 기술적인 부분이 아니라, 자신의 감정을 통제하지 못한 부분이었다.

포커를 배운 지 얼마 안 되는 아마추어들이라면 모를까, S와 같은 세계 수준의 탑 플레이어로서는 절대로 해서는 안 될 큰 실수였다. 예선전부터 오랜 시간을 투자하고, 또 결승에 와서도 눈부신 기세를 이어갔지만, 결국 단 한 번의 실수로 눈앞에서 우승컵을 날려버린 것이다.

게임이 끝난 후 S 스스로도 "내가 왜 그렇게 무리하게 승부를 걸었는지 이해가 되질 않는다. 두말할 필요 없는 나의 잘못된 플레이였다"라며 안타까워 했다.

이처럼 포커게임은 몇 시간 며칠을 잘하다가도 단 1~2분의 방심으로 모든 것을 잃어버리게 되는 게임이다. 그렇기에 포커게임에서는 자리에서 일어서는 순간까지 잠시도 방심을 해서는 안 된다.

특히 포커 게임에서 항상 패배하는 하수들은 지금의 이야기를 명심해야 할 것이다. 하수들일수록 게임 후반부에 들어 너무도 어이없는 한순간의 실수로 천길 나락으로 떨어지는 경우가 비일비재하기 때문이다.

손무는 하루를 사용하기 위한 군사를 백 년 동안 훈련시킨다고 하였다. 포커에서는 100분 동안 잘한 것이 단 1분 만에 사라진다. 이 두 가지 이야기는 선과 후만 다를 뿐, 속에 흐르고 있는 맥이 우리에게 시사하는 점은 거의 일치하고 있다.

여러분들은 부디 포커뿐만이 아닌 어떤 일에서도 끝났다고 생각하는 마지막 순간의 방심으로 일을 그르치는 우를 범하지 않기를 기원한다.

♠ 공갈의 전략 에피소드-2

Big egos and big losses go hand in hand.

"따르릉 따르릉……."

"네, 경리부입니다."

"김 과장님, 계신가요?"

"접니다. 누구십니까?"

"나야."

"응, 그래. 웬일이야?"

전화를 받은 김 과장과 나는 학교 동창으로 상당히 가까운 사이였다.

"전화로는 얘기하기가 좀 그렇고, 오늘 저녁 때 시간 있냐? 시간 있으면 오랜만에 저녁이나 같이 먹자."

내가 저녁을 같이 먹자고 제의를 하여 김 과장과 나는 약속을 정했다. 국내 굴지의 대기업에 다니는 김 과장은 포커 게임에 있어 프로급 수준은 아니었지만 그래도 아마추어들 사이에서는 높은 승률을 가지고 있었다.

특히, 회사 동료들이나 간혹 만나는 학창시절 친구들과의 게임에서는 발군의 성적을 나타낼 정도의 아마추어 실력자였다.

만나기로 약속한 장소.

"오랜만이야. 별일 없지?"

"너 게임 한번 해볼 생각 있어?"

인사를 건네며 내가라고 용건을 꺼냈다. 순간 김 과장은 다소 의외라는 듯, 양미간을 움츠리며 되물었다.

"응, 게임? 포커 말이야?"

나는 대답 대신 고개를 끄덕였다.

"포커야 나도 좋아하지만, 네가 하는 팀에 내가 끼어들 실력은 안 되잖아. 거기야 전부 프로들인데 내가 되겠어?”

김 과장은 자신 없다는 듯 대답을 하였다. 그도 그럴 만한 것이 그 당시 나는 이미 프로 수준의 포커꾼이었으며, 그 사실을 가까운 친구인 김 과장도 잘 알고 있었으니 김 과장이 몸을 사리는 것도 무리는 아니었다.

“야, 그걸 나라고 모르겠냐?”

나는 담배를 한 모금 빨고 난 후 계속 말을 이어갔다.

“사실은 우리가 게임을 하는데, 돌아가면서 한 번씩 우리 멤버 중 한 사람이 하우스장을 하거든 그러니까 돌아가면서 한 번씩은 게임을 안 하고 챙기자는 뜻이지. 하루 수고비는 떨어져.”

나의 말은 계속 되었다.

“내가 게임을 안 하게 되니까 선수가 한 명 줄어들잖아. 그래서 선수를 한 명만 채우면 나는 그냥 앉아서 일당을 챙기는 거란 말이야. 그러니 네가 와서 게임을 하고 나는 챙기면 되니까 너는 어느 정도 잃어도 상관없는 거야. 내가 채워주면 되니까. 무슨 말인지 알아듣겠냐?”

내가 말을 끝내자 조용히 듣고 있던 김 과장은 구미가 당기는 듯 입가에 미소를 띠었다.

"그래, 쉽게 말해서 너는 잃으면 본전이고, 본전만 해도 내가 넉넉히 챙겨줄 수 있다는 거야. 만약 딴다면 금상첨화고."

"그거 정말 괜찮은 조건인데."

김 과장은 더욱 입맛을 다셨다. 그리고는 나의 얼굴을 쳐다보며,

"그런 조건이라면 나야 마다할 이유가 없지만, 내 실력으로 될까?"

약간 불안한 듯 내 눈치를 살폈다.

"응, 그게 문제는 좀 문제야, 걔들이 워낙 마귀들이라서……. 그래도 너 정도 실력이면 승부 걸기는 무리지만, 처음부터 타이트하게 잠그고 덜 잃겠다는 작전으로 플레이하면 어느 정도는 버틸 수 있을 거야. 그러다 보면 이길 수도 있을 거고. 뭐, 마귀라고 매일 이기기만 하겠냐? 패 안 뜨면 죽는 건 마찬가지야."

나 역시 김 과장의 실력으로는 '정면 승부는 무리'라

고 느끼고 있었지만 김 과장의 용기를 북돋아주었다. 그런데도 김 과장은 자신 없다는 투였다.

"그러다 잘못돼서 완전 헛장사로 끝나게 되면 미안해서 어떡하나?"

이렇게 말은 했지만 속으로는 해보고 싶은 마음이 있는 것 같았다.

말이야 바른말이지 잃어도 본전은 확보되어 있고, 본전 이상만 하면 큰 승리를 하는 거나 마찬가지인데, 상대가 아무리 마귀인들 무슨 상관이 있겠는가.

"괜찮으니까 그런 건 신경 쓰지 않아도 돼. 만약 네가 지는 걸 겁내고 돈을 아까워한다면 너한테 이런 얘기 하지도 않아. 이런 게임을 할 사람은 얼마든지 있으니까."

"그럼 왜 나한테……."

"야, 내가 옛날에 네 돈도 많이 땄으니 이렇게라도 좀 만회해주려고 하는 거라 생각하면 돼. 그러니 그런 문제 전혀 신경 쓰지 말고 잃지만 않겠다는 각오로 하라고. 무슨 말인지 알지?"

　사실 학교 때부터 지금까지 김 과장은 나에게 포커 게임을 하여 자주 보태주곤 했다.

"지난 얘긴 왜 또 꺼내……."

김 과장은 멋쩍은 듯 웃고 있었다.

　게임을 하기로 한 날, 게임이 시작되기 2시간 전에 나와 김 과장은 조용한 곳에서 만났다. 내가 먼저 말을 꺼냈다.

"너 돈 얼마나 가지고 왔어?"

"응?"

　김 과장은 내가 얘기했던 것보다 훨씬 더 많은 금액을 가지고 있었다.

"뭐? 왜 그렇게 많이 가지고 왔어!"

"그냥, 그래도 좀 넉넉해야 춥질 않으니까."

"야, 그날 내가 분명히 얘기했지, 절대 돈은 그 이상 가지고 오지 말라고. 네가 그 이상 잃게 되면 내가 책임을 못 진다니까."

"괜찮아. 그래 봐야 조금 더 잃는 건데, 뭐……."

김 과장은 내가 그런 좋은 조건을 제시했는데 자기가 잃고서도 완벽하게 본전을 챙겨간다는 건 조금 미안한 생각도 들었고, 또 자존심도 허락하질 않았기에, 처음에 내가 가져오라고 한 금액보다 꽤 많은 금액을 가지고 왔던 것이다.

나는 단호하게 말했다.

"안 돼. 너 그 돈 남겨두고 나머진 나한테 맡겨놔."

"에이, 괜찮다니까 왜 그래. 그럼 적당히 하다가 그만두면 되잖아."

"아이고 이 화상아, 네가 게임 하다가 주머니에 돈 들었는데 그만 둔다고? 씨가 먹힐 사람한테 그런 얘길 하셔야지. 아무튼 절대 안 되니까 나머지 돈은 나한테 맡겨. 안 그러면 너 게임 안 시켜."

"아무리 그래도……."

김 과장은 계속 자존심이 용납하지 않는다는 듯 머뭇거렸다.

"야, 옛날부터 네가 나 때문에 포커로 인해 피해를 많이 봤는데. 이제는 그러고 싶은 마음 추호도 없다. 그리고 오늘 게임은 네가 거의 수술을 당하는 상황이라니까. 그러니 피곤하게 하지 말고 빨리 내놔."

내가 너무도 강력하게 주장하고 겁을 주자 그때서야 김 과장은 내가 얘기했던 금액을 빼고 나머지 금액을 건네주었다. 그러고 나서 나는 그날 같이 게임을 하게 되는 선수들의 특징과 게임 스타일에 대해 자세히 설명해주었다.

"안경 쓴 사람은 거의 공갈이 없어. 대신 끝까지 따라와서 확인은 잘하는 편이라 별명이 게슈타포야. 그러니 이 사람한테는 가능하면 공갈치지 마."

"제일 나이 많은 사람은 베팅이 상당히 거센 편이다. 그러니 공갈이 가끔 나온다는 얘기지. 이 사람한테는 찬스 봐서 레이즈 날리면 거의 백발백중 성공이야."

"제일 주의해야 할 사람은 무슨 학원 영어선생이라는데 바싹 말랐고 우리하고 나이가 비슷해, 걔가 진짜 상마귀야. 그러니 웬만하면 걔하고는 승부 걸지 마. 그리고……."

김 과장은 열심히 귀를 기울이며 한 사람씩 특징을

파악해갔다. 인물에 대한 설명을 끝내고 나는 김 과장의 얼굴을 가만히 쳐다보았다. 그리고는,

"너는 마음이 약해서 개들이 '구찌'를 하며 신경을 건드리면 네 페이스가 무너질 확률이 크거든. 그게 제일 걱정이야. 그러니까 가장 신경 써야 할 부분은 절대 개들 '구찌'에 당하지 말아야 한다는 거야. 무슨 말인지 알겠어? 개들이 게임 중에 무슨 말을 하든, 조금도 신경 쓰지 말고 소신껏 플레이하란 얘기야. 이건 무지무지하게 중요한 얘기다."

"응? 그게 무슨 뜻이야?"

"무슨 말이냐 하면 네가 처음부터 게임을 엄청나게 타이트하게 운영해서 선전을 하면, 개들이 '구찌'를 하며 긁을 거라고. 그러니 그런 일이 생기더라도 게임 중에 개들 기분 맞춰줄 필요가 전혀 없다는 얘기야. 개들 기분 맞춰 준다고 해서, 네가 만약 잃었을 때 개들이 네 돈 돌려 줄 거 같으냐? 절대 아니니, 행여라도 개들 기분에는 조금도 신경 쓰지 말고 소신껏 플레이 하라는 뜻이야."

“알았어, 알았어.”

김 과장은 고개를 끄덕였다.

“알겠지? 프로들한텐 그런 것도 다 실력이야. 아무튼 그렇다고 너무 겁먹을 필욘 없어. 네 실력도 만만치 않으니까 자신감을 갖고 게임하라고. 혹시 또 아냐, 오늘 ‘잭팟’이 하나 터져줄지.”

말을 마치며 나는 김 과장에게 엄지손가락을 들어 보였다.

약속시간이 되어 모든 멤버들이 모여 게임이 시작되었다.

게임은 세븐 오디였다.

김 과장은 조금 전에 내가 알려준 멤버들의 특징을 머리에 새겨두고 그들의 인상착의부터 살폈다. 1시간 정도가 지나며 게임에 슬슬 불이 붙기 시작했는데, 예상을 뒤엎고 김 과장은 엄청난 끗발에 힘입어 여섯 명의 멤버 중 1등을 달리는 발군의 성적을 나타내고 있었다. 그래서 그날 뒷전에서 하우스장 역할을 하고 있던 나는 회심의 미소를 짓고 있었다.

김 과장의 현재까지 성적이 좋은 것도 중요하지만 무엇보다 고무적인 현상은 김 과장이 거북의 등처럼 탄탄한 플레이를 하고 있는 점이었다. 이 상태라면 따기는 힘들지 몰라도 많이 잃을 것 같지는 않다는 생각이 들었다.

어차피 처음부터 '본전'을 목표로 했는데 지금 현재 1등을 달리며 꽤 큰 금액을 따고 있었으니 김 과장으로서는 무리를 할 필요가 전혀 없었다.

처음에 패를 받아 확실하다고 생각되지 않으면 바로 패를 꺾는 스타일을 고수하며 안전 운행을 계속했다. 그리고 김 과장이 이런 스타일을 계속 고수하면 반대로 잃고 있는 쪽에서 몸이 달아 무리한 승부를 자청해 오는 경우가 많기에 오히려 더 좋은 승률을 가질 수도 있게 된다. 물론 오늘 게임을 하는 상대들 중에 이런 작전에 걸려들 정도의 하수는 한 명도 없었지만…….

그러면서 2시간 정도가 더 지났을까.

게임이 시작된 지 3시간이 지난 시점까지도 김 과장

은 계속해서 타이트하고 침착한 플레이로 일관하며 예상외의 선전을 거듭했다. 그러나 이제 게임은 중반전에 들어섰을 뿐이니 아직은 마음을 놓을 수 있는 단계는 전혀 아니었다.

그리고 지금부터 더욱 험난한 길이 시작된다는 사실을 나는 잘 알고 있었다. 쉽게 설명하면, 시간이 아직 반환점을 돌지 않은 시점이기에 섣불리 판단하는 것은 금물이었지만 그것보다 더욱 중요한 점은, 이제부터는 포커 기술뿐만이 아니라 여러 가지 신경전이나 심리전, 그리고 상대의 감정을 자극하는 수많은 기술 외적인 방법들이 난무한다는 점이다.

그리고 실제로 이러한 기술 외적인 부분을 많이 경험해 보지 못한 사람들에게는 상당한 부담으로 작용하여 게임 결과에 결정적인 영향을 주는 경우가 허다했다. 물론 이러한 기술 외적인 부분 역시도 어찌 보면 포커 실력의 중요한 일부분이라고 할 수도 있다.

왜냐하면 이러한 상대들의 심리전에 무너져서는 절대로 고수의 대열에 들어설 수 없기 때문이다.

바로 이 점이 김 과장 같은 아마추어 실력자들이 갖추지 못한 프로들만의 기질이며, 또 내가 가장 걱정하고 있는 부분이었다. 그렇기에 게임을 하기 전에 김 과장에게, "상대들은 무슨 말을 하든, 절대 신경 쓰지 말고 소신껏 플레이하라"라고 누차 강조했던 것이다.

3시간이 지나도록 훌륭한 성적으로 선전을 계속하자 여기저기서 슬슬 김 과장의 말초신경을 자극하기 시작했다.

"게임을 굉장히 타이트하게 운영하시네요."

"하우스장이 확실한 낮은 포복조를 모시고 왔구먼."

"이거 뭐, 너무 빡빡해서 게임 못 하겠네……."

모두가 김 과장이 워낙 탄탄하게 게임을 운영하는 것을 비꼬고 있었다. 사실 고수들이 가장 수술하기 힘든 상대는 확실한 패가 아니면 초반에 무조건 죽는 스타일의 사람들이다. 특히, 이러한 스타일의 사람이 어느 정도 이상의 착실한 기본기를 갖춘 사람이라면 더욱더 그렇다.

　물론 그렇다고 해서 그런 상대를 수술하는 방법이 전혀 없는 것은 아니지만, 그것은 서로에게 많은 위험부담이 따르기 때문에 고수들이라도 무작정 사용할 수 있는 방법은 아니다.

　아무튼, 김 과장의 페이스를 흩뜨려 놓으려고 여기저기서 신경을 건드렸지만, 김 과장은 이러한 상황에 대해 미리 교육(?)을 받았기에 웃음 띤 얼굴로, "사람마다 스타일이 있는 거 아닙니까. 전 원래 새가슴이거든요"라며 자신의 감정이 꿈틀거리는 것을 꾹 눌러 참고 있었다.

　한편, 이러한 장면을 목격하고 있는 나는 김 과장이 꽤나 잘 대처하는 것을 보고 속으로 흐뭇해하고 있었다.

　그러면서 1시간이나 더 지났을까? 같이 게임을 하던 멤버들은 자신들의 '구찌'에도 김 과장이 별 흔들림을 보이지 않자 '구찌'의 강도를 좀더 높이기 시작했다.

　"이건 완전히 베트콩이구만……."

　"너무 죽기만 하니까 게임할 맛이 안 나네……."

　그리고는 김 과장이 카드를 일찍 꺾을 때마다 어디선

가 계속해서 이런 식의 비아냥거림이 반복되었다.

그러기를 반복하며 또 30, 40분 정도 지났을까?

갑자기 김 과장의 인상이 약간 일그러지며 양미간이 꿈틀거렸다. 그들의 계속되는 비아냥거림이 결국 김 과장의 신경을 참기 힘들 정도로 자극하기 시작한 것이었다. 그러기를 또 30분 가량…….

안 그래도 김 과장의 감정이 조금 자극받아 있는 상태에서 이 날의 흐름을 완전히 결정해버리는 판이 벌어지게 된다.

승부는 게슈타포와 김 과장의 대결이었다.

김 과장에게 처음 들어온 패는 '♣-5, ♦-5, ♦-A'였다. 김 과장은 당연히 ♣-5를 초이스하여 오픈했고 4구째 카드가 떨어졌다.

(게슈타포)

(김 과장)

〈4구 현재의 액면〉
(편의상 김 과장과 게슈타포의 액면만을 표기)

그림에서 보듯 두 사람 모두 평범한 액면이었고 4구
째는 큰 베팅 없이 지나갔다. 그리고 나서 5구째 카드
가 떨어졌는데…….

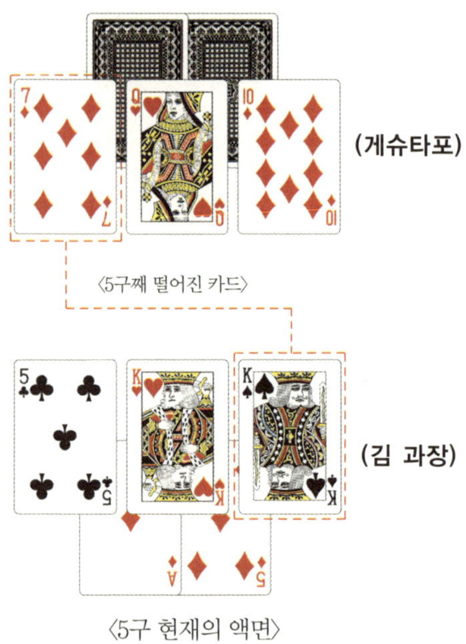

김 과장에게는 ♣K가 떨어지며 액면 K 원페어에 실제로는 K 투페어가 되었다.

김 과장은 여유 있게 베팅을 하고 나갔고 중간 사람들이 차례로 드롭을 하였는데 게슈타포가 레이즈를 하며 판을 키웠다.

게슈타포의 패는 액면상 아주 좋은 카드가 아니었기

에 정확히 판독하기는 힘든 상황이었다. 하지만 김 과장의 액면 K 원페어를 보고 레이즈를 한 것이니 무엇인가 감추어 전 것이 있는 듯 보였다.

지금의 상황은 트리플이 아니라면 ◆포플러시, 양방, A 원페어 등이 유력해 보였다. 그러나 게슈타포의 패가 무엇이든 김 과장은 여기서 드롭할 수는 없었다.

당연히 콜을 하고 6구째 카드가 떨어졌는데…….

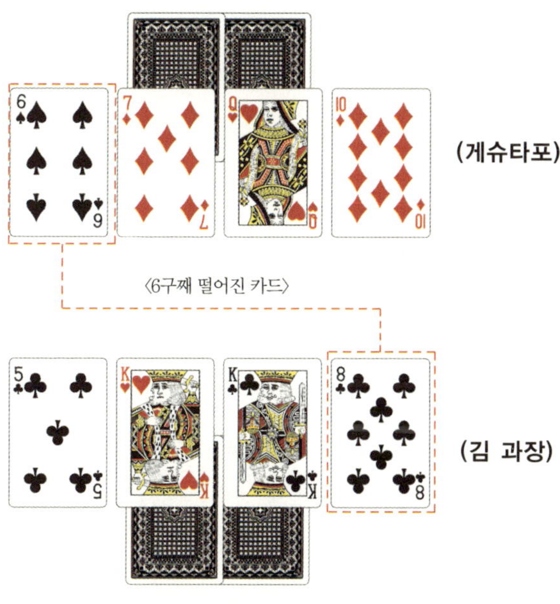

〈6구째 떨어진 카드〉

(게슈타포)

(김 과장)

〈6구 현재의 액면〉

김 과장에게 ♣8이 떨어지며 액면으로 K 원페어+클로버 3장이라는 좋은 액면이 되었다. 김 과장은 실제로 도움이 되는 패는 아니었지만 액면이 아주 좋아졌기에 힘을 얻고 자신 있게 먼저 베팅을 하고 나갔다.

그리고는 게슈타포의 고민하는 모습을 예상하고 있었는데, 이런 김 과장의 예상을 완전히 뒤엎고 게슈타포는 또 다시 레이즈를 하며 판을 크게 키우는 것이 아닌가?

지금은 상황을 액면으로만 본다면 게슈타포의 레이즈는 약간 의외라고 할 수도 있었지만 게슈타포가 트리플이나 스트레이트 메이드라면 충분히 레이즈를 하며 승부를 걸어 올 수 있었다. 물론 김 과장의 액면으로 보면 6구에서 풀하우스나 플러시가 메이드 되었을 가능성도 있었지만 액면이 좋다고 손 안에서도 항상 같이 좋은 패가 나온다는 것은 쉬운 일이 아니기 때문이다.

그렇기에 여기서 김 과장이 조금도 지체하지 않고 바로 한 번 더 레이즈를 하고 히든에서 계속 레이즈를 한다면 게슈타포 쪽이 부담스러운 승부인 것이 분명했다. 하지만 그러기에는 김 과장의 부담도 만만치 않은 것이다.

김 과장은 허를 찔린 듯 잠시 당황하며 이미 재차 레이스를 할 타임을 놓쳐버리고 게슈타포의 패를 판독하기 시작했다.

"뭐야? 봉이란 얘기야? 아니면 스트레이트가 맞은 거야?"

이미 약한 모습을 보이며 시간을 지체했기에 김 과장도 재차 레이스를 할 상황은 아니었고, 콜을 하고 승부를 할 것이냐, 아니면 여기서 드롭을 할 것이냐를 선택해야 했다. 하지만 자신의 액면과 게슈타포의 레이즈 상황으로 볼 때 김 과장은 히든에 자신이 풀하우스를 달지 않는 한 힘든 승부인 것으로 느껴졌다. 즉, 게슈타포의 패를 봉이나, 스트레이트 메이드로 인정했다는 것이다.

김 과장은 몹시 아쉬웠지만 패를 꺾었고, 포커게임을 어느 정도 이상 해본 대부분의 사람들이 지금과 같은 상황이라면 김 과장과 같은 선택을 했을 정도로 정상적인 플레이라 할 수 있었다.

김 과장은 말없이 카드를 던지면 아쉬움을 달래고 있었는데, 그 순간에 게슈타포가 자신의 패를 슬쩍 바닥에 오픈해버렸다.

게슈타포의 히든 패는 ♥A, ♥K였다.

즉, 게슈타포는 'J 빵구 스트레이트'라는 패를 가지고 공갈로써 김 과장을 드롭시킨 것이다. 일반적으로 프로들의 게임에선 공갈을 성공시켰을 경우 그 패를 보여 주는 것은 금기였다. 그런데 게슈타포는 김 과장이 아직 아마추어 티를 전혀 못 벗고 있었고, 게다가 게임 초반에 돈을 딴 후 계속 잘 지키고 있으니 어떻게 해서든 감정을 자극하기 위해 의도적으로 패를 오픈했다고 볼 수 있었다.

안 그래도 상대들의 집중적인 구찌에 감정이 약간 상해있던 김 과장은 여기서 결정적으로 동요를 일으켰다. 그러고는 초반의 탄탄한 운영은 언제 그랬냐는 듯 무리한 플레이를 난발하며 스스로 무너졌다.

지금의 이 이야기는 '상대방의 액면이 좋을 때 공갈

을 시도하라'는 이론의 중요성을 잘 나타내 준 것과 동시에 포커 게임에서 전정한 고수가 되기 위해서는 주위의 어떤 신경전에도 흔들려서는 안 된다는 아주 쉽지만 지키기 힘든 교훈을 알려주는 일화이다.

'상대방의 액면이 좋을 때 공갈을 시도하라'는 이론은 좋은 액면을 깔아 놓고 있는 당사자가 포커게임의 초보자일 경우에는 절대 사용해서는 안 된다. 하지만 어느 정도 이상의 실력자에게라면 그 효과는 상상보다 훨씬 더 크고 좋은 것이라 감히 장담한다.

공갈의 전략 II

다음 그림을 보자.

case-4

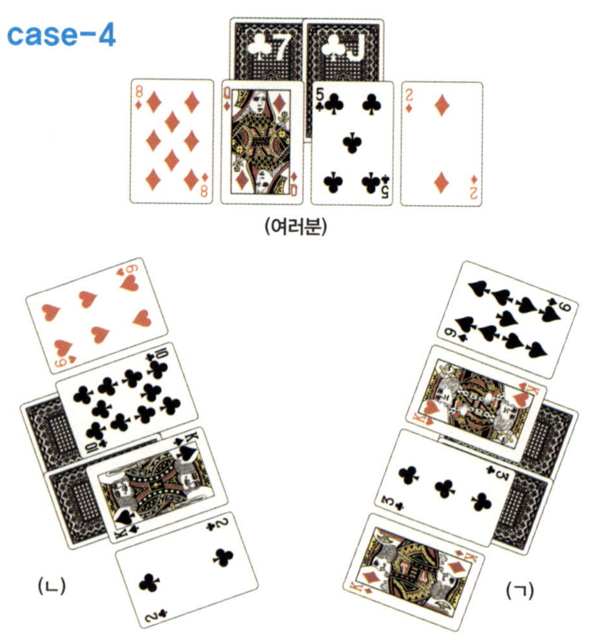

이번에는 지금까지와는 약간 다른 특수한 상황이다.

즉, 지금까지는 상대의 액면이 플러시냐, 스트레이트냐, 또는 페어 쪽이냐에 따라 공갈을 시도할 것인지 말 것이지를 판단해 보았지만, 지금은 여러분의 액면이 플러시로 보여지고 있지만 실제론 별 볼일 없는 패를 가지고 있는 상황이다.

그림에서 보듯 여러분은 액면에 ◆무늬를 3장 깔아 놓고 있지만 손 안에는 전혀 쓸모없는 패를 가지고 있다. (ㄱ)은 액면에 K-원페어를 깔아놓고 있는데 K-트리플인 것 같은 느낌은 들지 않는다. (ㄴ)은 그저 평범한 액면이다.

이런 상황에서 보스인 (ㄱ)이 메팅을 하고 나왔으며 (ㄴ)은 패를 꺾었다.

지금은 공갈을 시도해 볼 만한 찬스일까, 아닐까?

① 공갈을 시도한 좋은 찬스라고 판단, 공갈을 시도한다.

② 좋은 찬스가 아니므로 공갈을 시도하지 않는다.

  지금의 문제를 풀기 전에 앞의 공갈편 문제 Case-1을 다시 한번 읽어본다면 지금의 문제를 이해하는 데 많은 도움이 될 것이다.

  Case-1에서는 여러분의 액면이 별 볼일 없는데도 레이즈를 할 수 있는 절호의 찬스라고 하였다. 그렇기에 지금은 액면이 좋으니 더욱 훌륭한 공갈 찬스라고 착각할 수도 있겠다. 하지만 지금의 Case-4와 같은 상황은 좋은 공갈의 찬스라고 할 수가 없다. 그 이유는 바로 여러분의 액면이 좋다는 점 때문이다.

  그러면 이 말이 과연 무슨 의미인지 알아보도록 하자.

  포커 게임에서 공갈을 시도하는 당사자의 의도는 크게 두 가지로 구분할 수 있다.

  첫째, '내 패를 ○○으로 보아달라'는 식의 공갈, 지금의 Case-4에서 여러분이 공갈을 시도한다면 바로 이런 경우에 해당한다.

  둘째, '당신에게 이길 수 있는 패를 가지고 있다'는

식의 공갈, 앞의 Case-1과 같은 상황에서 시도하는 공갈을 의미한다.

이러한 두 종류의 케이스에서 성공 가능성이 높은 쪽은 두말할 것도 없이 '둘째' 스타일의 공갈이다. 즉, '내 패를 플러시로 보아달라' 는 식의 공갈보다는 '당신이 가지고 있는 K-투페어에게 이길 자신이 있다' 는 식의 공갈이 훨씬 더 성공 가능성이 높다는 것이다.

'내 패를 플러시로 보아달라' 는 것은 상대가 여러분의 패를 예상하는 범위가 극단적으로 한정된다. 이렇게 되면 공갈이 성공하느냐, 실패하느냐는 상대가 당신의 플러시를 인정해 주느냐, 마느냐에 의해 결정된다. 그렇기에 이때라면 상대는 모든 신경을 집중시켜 여러분에게 플러시가 있느냐, 없느냐만 판단하면 된다. 그리고 그 판단에 의해 공갈의 성패가 결정된다.

하지만 '당신이 가지고 있는 K-투페어에게 이길 수 있다' 라는 식의 공갈은 상대로 하여금 여러분의 패를 예측하기 어렵게 만든다. 즉, 상대는 여러분의 패를 확실히 진단할 수가 없기에 '저게 뭐야? 스트레이트? 트리플? ……트리플이라면 또 무슨 트리플이야?' 라며 공 갈인지 아닌지 그 진위를 떠나 여러분의 패가 무슨 패 인지를 판단하는 데서부터 괴로움을 느낄 수밖에 없 다. 그리고 이렇게 되었을 때 공갈의 성공 가능성이 더 높아진다는 것은 틀림없는 사실이다.

지금의 이야기를 잘 이해한 후 다시 Case-4의 상황 을 보자.

지금의 Case-4에서 여러분이 레이즈를 한다면 그것 은 누가 보더라도 'K-투페어에게 이길 수 있다' 라는 의도로 해석되는 상황이다.

바로 이러한 이유 때문에 지금의 Case-4와 같은 상 황은 공갈을 시도하기 좋은 찬스가 되기 어렵다.

그렇다고 해서 '절대 공갈을 시도해서는 안 될 상황' 이라고 단정하는 것은 결코 아니다. 경우에 따라서는 공갈을 시도해 볼 만한 가치가 있는 상황임에는 틀림 없다.

하지만 어찌되었건 잊지 말아야 할 사실은, 여러분의 액면이 지금처럼 플러시 쪽으로 깔려 있을 때보다는

전혀 별 볼일 없이 형편없는 액면을 깔아놓고 있을 때
가 (ㄱ)의 액면을 상대로 공갈을 시도하기에 훨씬 더 유
력한 공갈의 찬스라는 점이다.

공갈의 전략 - 5

다음 그림을 보자.

case-5

지금은 바로 앞의 Case-4와 거의 비슷한 상황이다.

단지, 차이점은 (ㄱ)의 액면에 페어가 없다는 것뿐이다.

5구까지의 진행 상황으로 미루어 볼 때 (ㄱ)의 패는 크게 좋다고 느껴지지는 않는다. 이런 상황에서 보스인 (ㄱ)이 베팅을 하고 나왔으며, (ㄴ)은 패를 꺾었다.

자, 이제 여러분의 차례이다. 여기서는 과연 어떤 선택을 해야 할까?

① 좋은 공갈 찬스이다.
② 공갈의 찬스가 아니다.

　지금과 같은 상황도 공갈을 시도하기 좋은 찬스라고 할 수 없다. 공갈을 시도하려는 생각을 버리고 카드를 꺾어야 한다.

　그 이유는 바로 앞의 Case-4에서 설명했던 것과 거의 비슷한 맥락이라고 생각하면 된다. 여러분의 액면이 쓸데없이 좋다는 점 때문이다.

　여기에 공갈을 시도하지 말아야 할 중요한 한 가지 이유를 더 보탠다면,

　"(ㄱ)이 여러분의 훌륭한 액면을 보고도 베팅을 하고 나왔다는 점을 감안할 때, (ㄱ)의 패 역시 전혀 별 볼일 없는 패로 보아서는 곤란하다."

　라는 점이다.

　다시 말해 액면만 보고서 (ㄱ)의 패 역시 전혀 별 볼일 없다고 속단하여 공갈로 (ㄱ)를 쉽게 죽일 수 있다는 생각을 가지는 것은 매우 경솔한 판단이라는 의미이다.

앞서도 한번 언급했던 적이 있듯이 상대의 액면이 나쁘다고 하여 손 안에 가지고 있는 패까지 나쁘다고 간주하는 것은 매우 위험한 발상임을 잊어서는 안 된다. 그러니 지금은 카드를 꺾는 것만이 유일한 선택이다.

다음 그림을 보자.

case-6

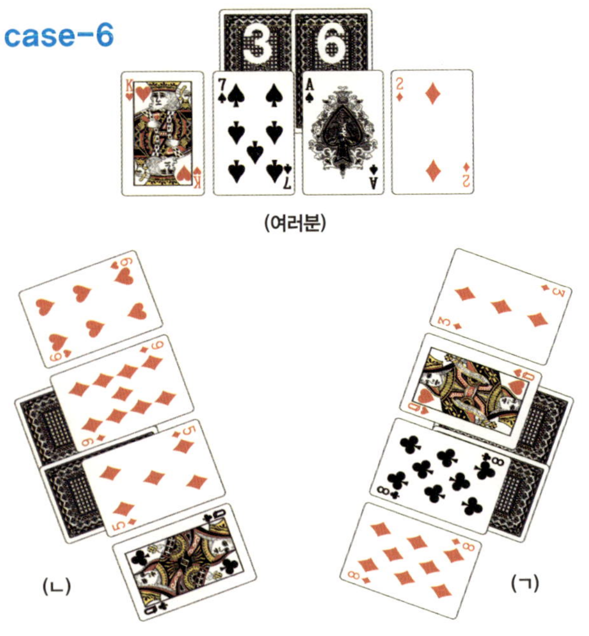

지금은 앞에서 다루어 왔던 경우들과 완전히 다른 상
황이다.

여러분은 액면도 형편없고 손 안에 든 카드도 형편없어서 공갈이 아닌 한 도저히 이길 수 없다. (ㄱ)은 액면에 8-원페어를 깔아놓고 있는데 투페어나 트리플 둘 중 하나로 느껴진다. 하지만 트리플보다는 투페어라는 느낌이 훨씬 강하다. 보스인 (ㄱ)이 베팅을 하고 나오자 (ㄴ)은 패를 꺾었다.

지금이라면 어떤 선택을 하는 것이 현명한 판단일까?

① 좋은 공갈 찬스이다.
② 공갈의 찬스가 아니다.

지금과 같은 상황은 충분히 공갈을 시도해 볼 만하다.

여러분의 액면이 별 볼일 없이 보이더라도 A, K등 높은 숫자가 깔려 있다는 점 때문이다. 무슨 의미인가 하면 (ㄱ)이 페어를 깔아놓고 베팅을 하고 나온 상황에서 여러분이 레이즈를 한다면 일단 여러분의 패는 'A-투페어', 'K-투페어', '트리플' 등의 카드로 보여지기에 충분히 공갈이 성공될 수 있다는 것이다.

이 경우 (ㄱ)이 만약 8-트리플을 가지고 있다면 공갈은 실패하겠지만, 그것은 '인력으로 어찌할 수 없는 불행한 일'이라고 편안하게 생각하면 된다.

PART 7

게임운영의 전략

포커게임의 승패는 당사자들 간의 실력 차이에 의해 80~90% 이상이 결정되는 것이며, 여러분들은 지금까지 이 책을 읽어오면서 그 이론이 사실이라는 것을 여러 번 느꼈으리라 생각한다. 그렇다. 이 책을 읽고, 한 가지씩 이해해 나가고 자신의 것으로 만들면서 여러분들은 조금씩 고수가 되어가고 있는 것이다. 아니, 이미 여러분들의 실력은 누가 상대하더라도 만만하게 볼 수 없는 실력이 되어 있을지도 모른다.

09 | 게임에서 이기는 법

이 말은 어찌 듣기에는 참으로 황당한 이야기처럼 들리기도 한다.

"도대체 포커게임을 하는데 '이기는 법'이라는 것이 어떻게 있을 수 있단 말이냐며 말도 안 되는 소리"라고 일축해버리는 사람들이 있을지도 모르겠다. 그러나 거듭 되풀이하는 이야기지만 그것은 포커를 전혀 모르는 사람들만이 가지고 있는 생각이다.

포커게임의 승패는 당사자들 간의 실력 차이에 의해

80~90% 이상이 결정되는 것이며, 여러분들은 지금까지 이 책을 읽어오면서 그 이론이 사실이라는 것을 여러 번 느꼈으리라 생각한다. 그렇다. 이 책을 읽고, 한 가지씩 이해해나가고 자신의 것으로 만들면서 여러분들은 조금씩 고수가 되어가고 있는 것이다. 아니, 이미 여러분들의 실력은 누가 상대하더라도 만만하게 볼 수 없는 실력이 되어 있을지도 모른다.

이제 마지막 5장이다. 이 5장도 여러분들의 실전 포커게임에 큰 도움을 주는 아주 중요한 부분인 만큼 한 부분도 놓치지 말고 정확히 이해하여 여러분의 것으로 만들기 바란다.

1) 이기고따고 있을 때와 지고잃고 있을 때

포커게임을 하는 가장 큰 목적이 일단 '이기기따기 위해서' 라고 한다면, 게임 중에 자신이 어느 정도의 상황인지 얼마나 따고 있는지, 또는 얼마나 잃고 있는지를 잘 파악하는 것도 잊지 말아야 할 중요한 한 가지 의무이다.

상황에 따라서 게임의 운영방법과 베팅 요령, 그리고 카드의 초이스 등 모든 것이 달라질 수 있는 것이며, 또 반드시 달라져야 하기 때문이다. 쉽게 얘기해서, 많이 따고 있는 상황에서 끝날 시간이 별로 남지 않았을 경우라면 가능하면 큰 승부는 피하는 것이 좋다는 것이다.

물론 마지막이라 하여 잃고 있는 상대방 쪽에서 말도 안 되는 무리한 승부를 걸어온다면, 그거야 당연히 응징을 해야겠지만, 그렇지 않은 상황이라면 약간은 뒤로 후퇴할 줄 아는 여유를 가지라는 것이다. 즉, 어느 정도 딴 상태라면 그 상태에서 게임을 마무리하는 기술을 가지라는 것이다.

게임의 막바지가 아니라 게임 도중이라도 '따고 있을 때'와 '잃고 있을 때'의 게임 운영방법은 약간은 달라야 한다는 것이 기본이다. 우선 '잃고 있는 경우'나 '본전' 정도의 경우라면 지금껏 또는 앞으로 이 책에서 설명하는 이론을 잘 이해하여 그대로 대응해나가면 되지만, 만약 '따고 있는 경우' 라 한다면 평상시보다 조금 더 안전하고 타이트한 길을 선택하는 것도 좋은 방법이라 할 수 있다.

우선, 따고 있는 쪽에서 타이트하게 안전운행을 하면 잃고 있는 쪽에서는 마음이 급해지는 것이 보통이다. 마음이 급해진다는 것은 자연히 '무리수' 를 동반하게 되고, 판단력이 조금이라도 흐려지게 된다 어느 정도 이상의 고수라면 그러한 단계를 극복하였겠지만.

그렇게 되면 따고 있는 쪽에서 더욱더 유리한 상황에서 게임을 할 수 있다는 결론이 나오는 것이다. 어찌 생각하면, 상대의 기분을 약간 건드려서 상대의 흥분을 유발시키는 야비한 방법으로 느껴질지도 모르겠지만, 그것이 도가 지나치지 않는 정도라면 전혀 문제가 될 부분은 없다.

그리고 경우에 따라서는 상대를 자극해서 흥분을 유발시키는 것도 아주 좋은 고급 테크닉이 될 수도 있다. 그러면 '따고 있는 경우' 와 '잃고 있는 경우' 에 따라서 가장 처음 받는 카드의 초이스가 달라지는 것은 어떤 경우인지 그림으로 알아보기로 하자.

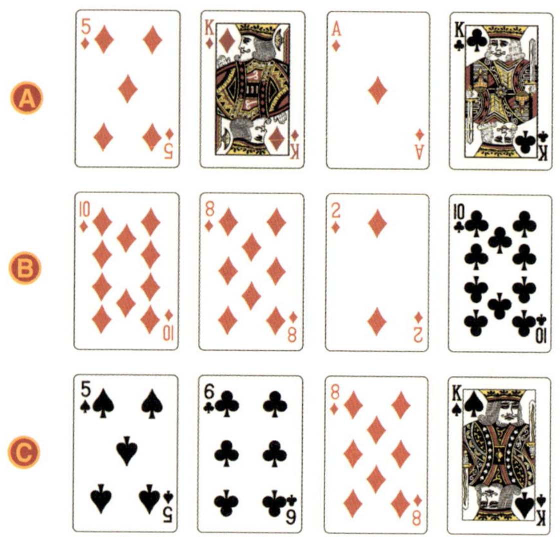

우선 [A]~[C]와 같은 대표적인 경우만을 예로 들어 보았지만, 이와 비슷한 경우는 참으로 수없이 많다는 것을 알아두기 바란다.

이와 같은 경우의 카드가 처음에 들어왔을 때 따고 있는 경우라면, 보통의 정상적인 초이스가 아닌 약간 의 편법을 사용하여 타이트하고 안전한 운행을 하는 것도 한 가지 방법이 되고, 또 그럴 만한 가치가 충분히 있기에 여기서 설명하고자 하는 것이다. 이기고 있는 상태라 하여 지금부터 설명하는 이론이 올바르고, 보통의 정상적인 초이스가 잘못된 것이라는 이야기는 절대로 아니라는 점을 미리 밝혀둔다.

아니, 오히려 따고 있는 상태라면 "오늘은 카드가 되는 날이구나"라고 판단하여, 큰 승부를 내고 싶을 때는 어떠한 경우라도 승부를 해볼 만한 상황에서 꼬리를 감출 필요 없이 승부를 걸 수도 있다.

여기서 다루는 것은, 어느 정도 이상의 전과를 올리고 있는 상태에서 그 이후의 게임 운영을 좀 더 안전하고 타이트하게 해나가는 방법을 이야기하는 것이라는 점을 잘 알아두기 바란다. 그러면 앞의 그림을 보자.

우선 [A]와 [B]의 경우에는, 보통의 상황에서는 거의 대부분 페어를 가지고 가는 것이 일반적인 방법이다 물론 6포의 경우에는 달라진다.

하지만 따고 있는 상태에서 빡빡한 승부를 하고 싶지 않은 경우라면, 페어를 버리고 플러시 3장을 선택하여

"6구까지 메이드가 되지 않으면 기권한다"라는 기본 원칙을 가지고 게임에 임한다면 큰 위험 부담을 갖지 않고서 게임을 운영해나갈 수 있다.

이와 같은 경우에 기본적으로는 "6구까지 메이드가 되지 않으면 기권한다"는 마음을 가지고 있으면서, 특별히 배당이 좋거나, 자기가 노리는 무늬가 거의 안 빠진 상태라든가, 6구째 베팅이 그리 크지 않아서 큰 부담이 없다든가 하는 식의 특이한 경우에는 끝까지 플러시를 시도할 수도 있다.

그렇다면 [A] 또는 [B]와 같은 경우에 페어를 가지고서 5~6구까지 트리플이 되기를 기다리면 되는 것 아니냐고 반문할지 모르지만, 그것은 근본적으로 많은 차이가 있다.

① 페어에서 '트리플'이 떨어지는 것은 매우 힘든 확률이고,

② 페어 쪽의 카드를 가지고 있을 때는 자신이 풀-하우스를 뜨려는 생각을 해서는 안 되는 것이기에, 베팅으로 상대를 가능한 한 많이 죽이고서 마지막에 1~2

명을 상대로, 그들이 못 떠서 이기는 것이 가장 정석적인 게임 운영이다. 이것은 확률이 높은 반면, 졌을 때 피해가 크다.

③ 페어를 가지고 선두에서 베팅을 하지 않고 모든 사람이 히든까지 간다면, 누군가 한 사람이라도 히든에 무엇인가 만들 확률이 그만큼 높아지기에 2등으로 밀려날 가능성이 농후하다.

그렇기에 페어 쪽의 카드를 가지고는 타이트하고 안전한 운영을 하는 것은 바람직하지 못하다는 결론이 나오는 것이다. 페어 쪽의 카드를 가지고는, 상대방이 더 강하게 나올 때 바로 꼬리를 감추는 한이 있더라도 그 전까지는 게임을 리드하는 베팅 운영을 해야 한다는 것이다. 그렇기에 [A] 또는 [B]와 같은 경우에 페어 쪽이 카드를 선택하는 것은, '안전'보다는 '승부' 쪽에 훨씬 더 비중을 둔 초이스 방법이라고 할 수 있다.

[C]의 경우도 기본 맥락은 [A], [B]와 같다.

보통의 정상적인 초이스 방법으로는 당연히 'K'를 버려야 하지만, 여기서도 역시 '따고 있는 상태'라면 K를 버리고 스트레이트 쪽의 비전을 선택하여 승부를 시도해보는 것보다, 6 또는 8 둘 중 하나를 버리고 4구, 5구에서 계속해서 ♠ 무늬가 떨어져서 포-플러시가 되거나, 또는 투-페어, 트리플 같은 카드가 되지 않는 한 바로 카드를 꺾는 게임 운영도 괜찮은 방법이라는 것이다.

지금까지 이야기한 이론들은 앞에서도 언급했듯이, '따고 있을 때'에 안전하고 타이트한 운영방법이기에 피해는 적지만, 이길 수 있는 판을 놓치는 경우도 생길 수 있다. 이런 식의 약간은 편법적인 게임 운영을 하여 자금을 관리하는 것도 '좋은 게임 운영방법의 한 가지'라는 점을 잘 알아두고서, 그때그때의 상황을 잘 파악하여 승부를 피할 것인지, 강하게 밀어붙여 끝까지 승부를 할 것인지를 판단하기 바란다.

2) 세븐-오디 게임의 최고 명승부는 '스트레이트 vs 트리플'

필자는 지금껏 수많은 포커게임 현장을 목격했지만,

‘포-카드 대 포-카드’, ‘스트레이트 플러시 대 포-카드’, ‘포-카드 대 에이스 풀-하우스’ 등과 같은 아주 엄청난 족보를 서로 잡고서 대결하는 판을 본 기억이 그리 많지 않다. 그저 몇 손가락에 꼽으라면 꼽을 수 있을 정도로 그 횟수가 거의 없다시피 할 정도다.

그렇기에 포커게임이란, 내가 아무리 좋은 패를 잡아도 상대가 그에 필적할 만한 좋은 카드를 가지고 있지 않는 한 속칭 ‘빅 판’이 이루어지지 않는 것이다. 실제로 서로가 좋은 카드를 가지고 있다 하더라도, 상대방에서 더욱 강하게 나오면 바로 긴장을 하게 되는 것이 포커게임이다.

내가 정말로 완벽한 카드를 가지고 있지 않은 이상, 웬만큼 좋은 카드를 가지고 있을 경우 상대방에서 더욱 강하게 나온다는 것은, 상대도 정신병자가 아닌 이상 나의 액면 카드를 보고서 나름대로 정확한 판단을 한 후 확신을 가지고서 강하게 나오는 것이 틀림없을 것이다.

이러한 상황이라면, 나의 카드가 액면을 보고서 대부

분의 사람들이 예상할 수 있는 카드와 일치한다면 그
것은 거의 지는 상황이 된다. 그렇기에 히든에 가서는
서로가 자신의 액면으로는 상상하기 어려운 좋은 카드
를 가지고 있지 않는 한, 한쪽에서 바로 꼬리를 내리게
되는 경우가 거의 대부분이다.

재미있는 것은, 6구에서의 스트레이트 메이드와 트
리플 특히 높은 트리플의 만남이다.

앞에서도 다룬 적이 있지만, 거의 대부분의 사람들
이 상대의 액면에 플러시 쪽으로 같은 무늬가 3장이
떨어지면 어느 정도 신경을 쓰고 경계하지만, 스트레
이트 쪽으로 3장이 떨어져 있는 것은 거의 신경을 쓰
지 않는다. 실제로 상대가 6구에 스트레이트 메이드가
되어 레이즈를 하더라도 "저게 트리플인가? 스트레이
트인가?"하고 고민에 빠지는 경우가 대부분이지, "저
건 무조건 스트레이트야"라고 확신하기는 정말 어려
운 일이다.

6구까지의 상황에서 트리플 또는 하이 투-페어을 가지
고 있다면, 상대의 액면에 스트레이트 메이드가 가능

한 액면4장이 아니라 3장이 깔려 있더라도 거의 대부분의 사람들이 전혀 염두에 두지 않고 베팅하고 나가게 되는 것이 보통이다. 그리고 이것은 아주 특별한 경우가 아니라면 극히 정상적이고 당연한 베팅이다.

상대의 액면에 스트레이트성의 카드가 4장도 아닌 3장이 깔려 있다고 해서 그것을 스트레이트 메이드로써 바로 인정하는 경우는 거의 없고, 또 그렇게 해서는 도저히 게임 운영을 해나갈 수가 없다. 이러한 상황은 실제로 스트레이트 메이드를 잡고 있는 사람에게는 아주 좋은 기회가 만들어지는 것이 된다.

이와 같은 경우라면, 트리플혹은 하이 투-페어을 가지고서 6구에 베팅을 하고 나갔다가 레이즈를 맞은 사람의 입장에서는, 레이즈를 친 사람의 카드를 스트레이트 메이드로 보더라도 거의 죽지 않고서 6구에서는 일단 콜을 하게 되고, 만약에 레이즈를 친 사람의 카드를 트리플로 보았을 때는, 자신이 더 높은 트리플을 가지고 있다고 생각되면 6구에서 또다시 한번 더 레이즈를 할 수도 있다.

그렇게 된다면, 트리플에서 마지막에 풀-하우스를 뜰 확률은 불과 1/5 정도밖에 안 된다고 보았을 때, 승산은 스트레이트 메이드 쪽이 훨씬 많다는 것은 삼척동자도 알 수 있는 점이다. 고수들일수록 스트레이트 메이드를 가지고 판을 크게 키워서 이기는 능력이 뛰어나며, 또 스트레이트 메이드라는 카드를 참으로 좋아하는 것이다.

비슷한 경우로 볼 때, 6구에 플러시 메이드가 되려면 액면에 최소한 같은 무늬가 3장 이상이 깔려 있어야만 하는데, 이상하게도 거의 모든 사람들이 이때에는 어느 정도 긴장하고 경계를 하기 때문에 설사 트리플 혹은 하이 투-페어을 6구째에 가지고 있더라도 미리 베팅을 하고 나가서 레이즈를 자초하는 베팅은 주저하게 된다.

6구째에 판을 키운다는 것은, 스트레이트 메이드를 잡고 있는 사람의 입장에서는 현재 이기고 있기 때문에 "마지막 장에 뜨는 것이 얼마나 어려운데"라며 충분히 승부를 걸 수 있는 상황이고, 또 반드시 그렇게 해야 하며, 반대로 6구째에 트리플을 가지고 있어서 실제로는 히든에 마지막 장을 뜨지 못하면 지는 상황의 입장에 있는 사람은,

① 히든에 풀-하우스를 뜰 수도 있다.

② 저게 100% 스트레이트 메이드라는 보장은 없지 않은가? 그렇다면 히든에 풀-하우스를 못 떠도 이길 수 있을지도 모른다.

라는, 스스로를 위안하는 생각을 가지고서 6구째에 꼬리를 내리지 않고 강력하게 버티는 경우가 상당히 많다. 그렇기에 6구째에 높은 트리플과 스트레이트 메이드와의 만남에서 의외로 큰판이 이루어지는 경우가 종종 있는 것이다.

덧붙여 한 가지 하고 싶은 이야기는, 이와 같은 경우에 여러분은 항상 스트레이트 메이드의 카드를 가지고서 승부를 하는 쪽을 택해야 한다는 점이다.

3) 똑같은 패를 가지고 있더라도, 죽어야 할 경우와 승부를 걸어야 할 경우를 정확히 구분해야 한다

이 말은 얼핏 듣기에는, 6구 또는 히든카드까지 모두 받은 상황에서 상대들의 베팅 상황에 의해 하이 투-페어, 트리플, 스트레이트, 플러시 등의 좋은 카드를 가지고서 "죽느냐? 콜을 하느냐?"를 선택하는 이야기처럼 들릴지 모르겠다.

그러나 그것은 앞의 〈공갈을 치는 법, 잡아내는 법〉 편을 참고하면 될 것이고, 아울러 다음 기회가 오면 다시 설명하기로 약속하며, 여기서 다루는 것은 그것과는 전혀 다른, 실제 게임에서 무수히 나오는 상황이다. 여러분이 별 생각 없이 무관심하게 지나치는 부분이기에 그 중요성과 대응방법을 설명하도록 하겠다.

다음의 그림을 보며 설명하기로 하자.

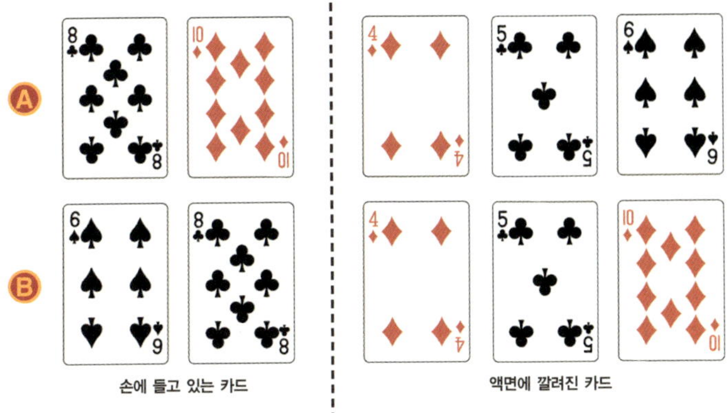

　[A]와 [B]의 카드를 보자. 각각의 경우는 5구 현재, 여러분의 카드이다.

　이것은 얼핏 보기에는 비전이라고는 오직 '7'이 와서 스트레이트 메이드가 되는 것 이외에는 전혀 없는, 아주 똑같은 카드라고 생각할 수도 있다. 물론 '7'이 와서 스트레이트 메이드가 되어야 한다는 것은 누구나 알 수 있는 당연한 부분이다.

　[A]와 [B]의 카드는 숫자와 무늬까지도 완벽하게 같은 카드처럼 보이겠지만, 그것은 참으로 어리석은 하수들만의 생각일 뿐이다. [A]와 [B]라는 카드의 차이는 참

으로 엄청나다. 일반적으로 6구째에 '7'이 아닌 다른 카드가 와서 6구째에 기권을 하게 되면, 그때는 [A]와 [B]가 거의 다를 바 없는 카드일 것이다. 그러나 만약에 6구째에 '7'이 온다는 가정을 하고 카드를 보기로 하자. 6구째에 그 어려운 '7'이 와서 스트레이트 메이드가 되었을 때, [A]와 [B]의 액면을 비교해보기로 하자.

우선 [A]의 액면은 '4·5·6·7'로 누가 보아도 "스트레이트가 되었겠구나"라고 생각하게 된다. 그런데 [B]의 경우라면 액면으로 '4·5·10·7'이 된다. 이것은 누구라도 스트레이트 메이드로 보아주지 않는 상황이다.

이것이 바로 [A]와 [B]의 엄청난 차이점이다. 한마디로 말해서 6구째에 '7'이 왔을 때 [A]는 별로 큰 장사를 기대하기 어려운 카드지만, [B]는 아주 실속 있는 장사를 할 수 있는 가능성이 상당히 높다는 것이다.

결론은 [A]보다 [B]가 훨씬 더 좋은 카드라는 것이며, 평범한 경우라면 [A]나 [B] 모두 5구째에 콜을 하고서 한 장 더 받아볼 수 있는 상황이랄 수 있다.

그러나 만약 5구에서 '땅-땅-'이라든가 약간의 레

이즈가 있었다면 [A]는 그러한 부담을 안고 들어간 뒤에 그 어려운 '7' 이 오더라도 액면으로 다 나타나는 상황이기에 큰 장사를 기대하기가 어려운 만큼 바로 5구째에 카드를 꺾어야 한다.

하지만 [B]는 약간은 무모하긴 하더라도 경우에 따라 6구에 '7' 이 떨어져주기만 한다면 큰 장사가 될 만한 승부를 해볼 가치가 충분하다는 것이다. 쉽게 얘기해서, 어렵지만 큰 배당을 한번 노려볼 만하다는 의미이다.

요약하면, 6구째에 자신이 원하는 카드가 왔을 때, 액면 상으로 자신의 카드가 어느 정도나 노출되었는지를 항상 염두에 두고서 5구째에 "승부를 할 것인가? 아니면 기권할 것인가?"를 결정하라는 이야기이다. 어차피 승부를 할 바에는 같은 부담이라도 최고의 부가가치를 얻을 수 있는 쪽을 선택하는 것이 승리의 가능성을 높이는 최선의 방법이 아니겠는가?

그러면 이와 비슷한 경우는 또 어떠한 것이 있는지, 아래의 그림을 예로 들어 알아보기로 하자.

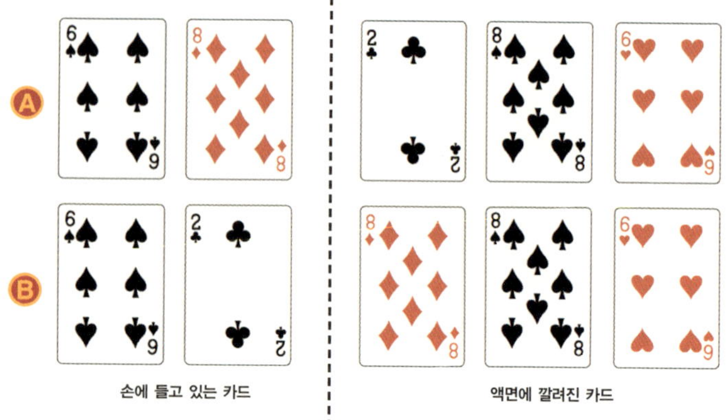

　[C]와 [D]의 카드 또한 무늬와 숫자는 완벽하게 같은 카드이다.

　[C]는 투-페어지만 5구까지 액면으로 전혀 표가 나지 않는 상황이기에 6구에 '6' 또는 '8'이 와서 풀-하우스가 메이드되어도 어느 누구도 크게 신경 쓰지 않는 상황이다.

　하지만 [D]는 6구에 '6' 또는 '8'이 와서 풀-하우스가 메이드되는 순간 액면이 '8, 8, 6, 6' 또는 '8, 8, 6, 8'이 되어버린다. 이것은 누구라도 일단은 "저거 풀-하우스가 메이드가 된 거 아냐?"하며 신경을 곤두세우게 되는 상황이다.

물론 [C]나 [D] 모두 6구에 풀-하우스가 메이드 되지 않고 필요 없는 숫자가 오면 '특별히 크게 차이가 나지 않는다'고도 볼 수 있기는 하지만, 만약에 6구에 '6'이 나 '8'이 떨어지는 경우를 가정한다면 [C]와 [D]의 효용가치의 차이는 참으로 엄청나다.

그러므로 앞에서도 언급했던 바와 같이, 5구에 특별히 큰 레이즈가 없는 경우라면 [C]든 [D]든 모두 콜을 하고서 6구를 받아보는 상황임에는 틀림없다. 하지만, 5구에 어느 정도 거센 레이즈가 있는 경우라면 풀-하우스를 못 뜨면 거의 지는 상황이라고 느껴질 때 앞의 이론과 마찬가지로, [C]의 카드라면 다소 무리가 되더라도 큰 마진을 노리고 승부해볼 가치가 충분히 있다.

하지만, [D]와 같은 카드라면 어려운 확률에 도전하여 만약에 성공을 하더라도 [C]와 비교해볼 때 배당이 훨씬 떨어지므로 승부를 시도해볼 가치가 많이 떨어진다는 것이다. 그러므로 우리는 여기서도 [D]보다는 [C]가 '훨씬 더 좋은 카드'라는 사실을 반드시 명심해야 한다. 비슷한 경우의 예를 두 가지만 더 알아보기로 하자.

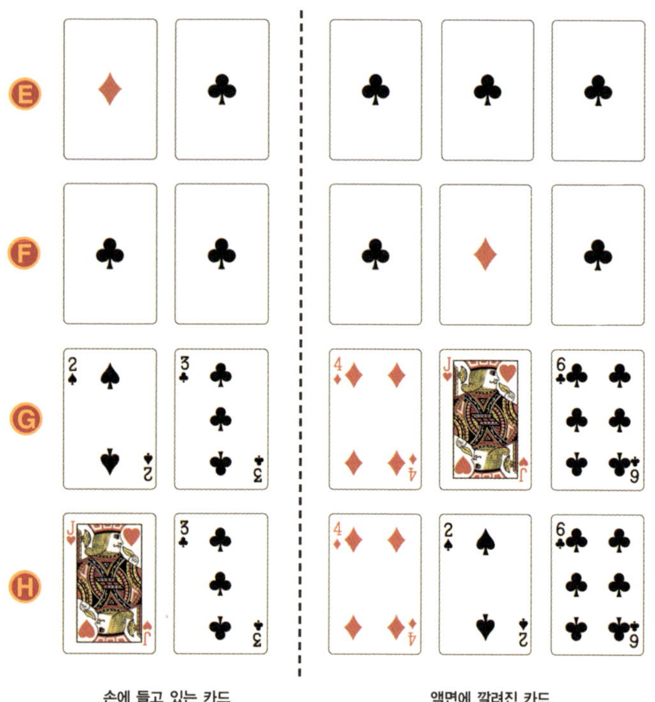

뒤의 예 가운데 [E]와 [F]같은 포–플러시의 차이점과
어느 카드가 더 좋은 것인지, 그리고 [G]와 [H]같은 '5'
자 끼우기 스트레이트의 차이점과 어느 카드가 더 좋은
것인지는 이제 또다시 설명할 필요는 없으리라 느껴
진다.

6구에 자신에게 필요한 숫자 또는 모양가 왔을 때의 자신의 액면을 생각해보면 금방 이해할 수 있겠지만, 실제로 하수들은 거의 모두가 한결같이 이러한 부분을 전혀 염두에 두지 않는다. 하지만 이제부터는 이러한 부분을 놓치지 말고 실전에 잘 응용하기 바란다.

한 가지 빠뜨리지 말고 명심해야 할 점은, 앞에서 예로서 설명했던 [A]와 [B], [C]와 [D], [E]와 [F]는 각각의 카드를 서로 비교하여 좀 더 가치가 높고 효과가 많은 것을 애기한 것이지, 둘 중에 가치나 효과가 적은 쪽의 카드라 하여 무조건 죽어야 한다는 것은 절대로 아니며, 또 가치나 효과가 높은 카드라 하여 반드시 승부하라는 이야기도 아니다.

모든 것은 상황에 따라 여러분들 자신이 스스로 결정해야 하며, 그때 앞의 이론을 잘 이해하고서 실전에 응용하면 반드시 여러분들에게 큰 이득을 가져다 줄 것임을 필자는 확신한다.

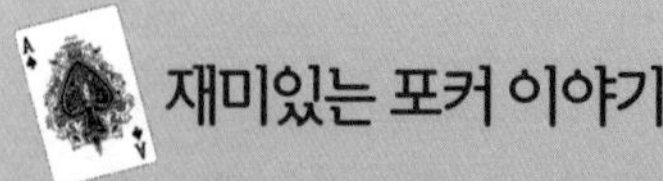

재미있는 포커 이야기

It's hard to win. It's even harder to get even.

★ 최고의 강타자 '짱구'

필자는 30년의 세월 동안 포커게임을 가까이 하며 수많은 사람들을 만나왔다. 연예인, 스포츠 스타, 재벌 2세 등등 모든 종류의 사람들이 다 있었고, 그중에는 매너가 좋았던 사람, 안 좋았던 사람도 있었고, 둘도 없는 호인이 있었는가 하면, 다시 보고 싶지 않은 사람들도 있었다.

그런가 하면 도저히 포커와는 어울릴 것 같지 않던 사람들도 있었고, 또 포커를 직업삼아 하던 사람들도 있었다.

하지만, 지금껏 필자의 기억에 가장 오래 기억되어 사람은 필자와 많은 승부를 겨루었던 사람인데 '짱구'라는 별명으로 잘 알려져 있던 인물이다.

그는 당시 20대 초반의 약관인데도 이미 강원도의 1번 타자라 불릴 정도로 출중한 실력을 가지고 있었다. 짱구는 세븐오디 게임에 있어서만은 필자가 상대해봤던 사람들 중 최고의 실력자였다.

어린 나이에도 판단력과, 과감성, 결단력, 인내심 등 포커게임에 필요한 여러 요소들을 다 갖추고 있었지만, 특히 승부처를 감지하는 동물적 승부 감각과 힘이 넘치는 베팅 실력은 옆에서 보기에도 감탄사가 절로 나올 정도였다. 오죽하면 사기도박으로도 짱구를 잡지 못했다는 말이 나돌 만큼 그의 실력은 뛰어났다. 그야말로 짱구의 도박에 관한 재능은 하늘이 주었다고 해도 지나치지 않을 만큼 천부적이라 할 수 있었다.

30년이 넘는 필자의 포커 인생 중 필자가 두려움을 느꼈던 인물이 단 2명이 있었는데 한 명이 짱구였고, 또 한 명은 포커계에서 최 중사로 통하던 하이-로우

게임의 일인자였다.

아무튼 짱구와는 많은 승부를 벌였는데 게임을 하면 할수록 더 두려움을 느끼게 하던 실력자였다. 당시에는 게임을 할 때 선수에게 돈을 대고 이기면 배당을 나누는 전주들이 많이 있었는데 전주들끼리 서로 짱구에게 돈을 대겠다고 싸움이 날 정도였다.

그러나 짱구에게도 한 가지 큰 약점이 있었으니 그것은 바로 너무도 좋지 않은 매너로 주변의 사람을 모두 적으로 만들었다는 점이다. 평상시 언행에서 자신보다 윗사람들을 무시하는 것은 예사였고, 돈에 있어서는 자신에게 뒷돈을 대주던 전주, 또는 자신의 동패까지도 배신하여 이용하기를 서슴지 않을 정도로 비정한 인물이었던 것이다.

좋은 매너를 지키면서도 얼마든지 대접받고 성적을 올릴 수 있었던 짱구가 왜 그리 안 좋은 매너로 주변의 모든 사람을 적으로 만들었는지 참으로 이해하기 어려운 일이었다. 지금 생각해보면 아마도 어린 나이로 인해 너무 눈앞에 보이는 이익에만 욕심을 내서 그랬던 것이 아닌가 느껴진다.

그러다가 세월이 지나면서 짱구도 무너지기 시작하는데 바로 자기 주변 인물들의 모사에 의한 것이었다. 짱구는 무너지며 어려운 상황에 처하게 되자 자신을 도와줄 사람을 찾으려 했지만 주변에는 온통 짱구에게 이를 갈고, 짱구를 나락으로 떨어트리려는 사람들뿐이었으니 도움을 받을 데가 있을 리 없었다. 짱구는 자신의 주변 사람들에 의해 철저하게 망가지게 되는데 그것은 어찌 보면 자신이 뿌린 씨앗이었다.

결국 이렇게 하늘이 준 재능을 가지고 있던 천부적인 강타자 짱구는 자신의 재능을 몇 년도 채 펴보지 못한 채 무대의 뒤로 사라지고 말았다. 그 후로는 짱구에 대한 소식을 듣지 못해 어떻게 지내고 있는지 알 수 없지만, 어찌 되었건 그 뛰어난 재능을 제대로 사용하지 못한 것이 바로 자신의 탓이었다는 것을 지금은 깨달았는지 궁금하다.

모쪼록 짱구의 이야기를 거울삼아 여러분들도 높고 힘 있는 자리에 있을수록 더욱 겸손하고 주변을 챙길 수 있는 사람이 되기를 바란다.

4) 포-플러시보다 좋은 A 원-페어, 그러나 A 투-페어보다 좋은 포-플러시 6구에서

이것은 어찌 듣기에는 참으로 말이 안 되는 이론이다. 하지만 이것이 바로 포커게임의 어려움이자 매력이다.

그러면 도대체 어찌해서 'A 원-페어'가 '포-플러시'보다 좋은 것이며, 또 'A 투-페어'보다 '포-플러시'가 어찌해서 더 좋은 카드인지를 지금부터 알아보기로 하자.

물론 모든 경우에 다 이러한 이론이 적용된다는 뜻은 절대로 아니다. 하지만 반드시 그 의미가 무엇인지는 정확히 알고 넘어가야 할 필요가 있기에 설명하려는 것이다.

우선 'A 원-페어가 포-플러시보다 좋다'고 하는 것은,

① 1 : 1의 승부일 경우
만약 1 : 1의 승부 상황이라면, 포-플러시를 가지고

있는 쪽보다는 A 원-페어를 가지고 있는 쪽의 승률이 80% 이상을 상회하게 된다.

포-플러시와 A 원-페어 둘만의 승부는 포-플러시를 가지고 있는 쪽에서 플러시를 뜨느냐 못 뜨느냐에 완전히 달려 있다. 이는 'A 원-페어'를 가지고 있는 사람의 입장에서는 자신이 투-페어를 뜨든 못 뜨든, 승패는 상대가 플러시를 뜨느냐 못 뜨느냐에 따라 결정된다는 것이다.

그러한 상황에서, 포-플러시에서 마지막 장에 플러시를 뜰 확률은 평균 9/46에 불과하다. 1/5이 채 안 되는 희박한 확률이다. 그렇다면 승산은 당연히 A 원-페어 쪽이 훨씬 높은 것이며, 여러분들은 이러한 상황이라면 A 원-페어를 가지고 자신있게 승부할 수 있어야 한다.

② 상대방이 투-페어 또는 그 이하라고 판단될 때

만약 상대방이 6구까지 투-페어를 가지고 베팅을 하고 있는 상황이라면, 그것을 대응하는 나의 카드는 포-플러시보다는 A 원-페어가 훨씬 더 승산이 높은 카드가 된다.

쉽게 설명하면, 상대방이 6구까지 투-페어를 가지고 있는데 만약 그가 히든에 풀-하우스를 뜬다면, 나의 카드가 6구에 포-플러시이든 A 원-페어이든, 나는 마지막에 무엇을 뜨더라도 이길 수 없다.

그런데 투-페어를 가지고 있는 상대가 히든에 풀-하우스를 뜨지 못했을 경우라면 나에게도 이길 수 있는 찬스가 오는 것이다. 6구에 내가 포-플러시였다면 플러시를 뜨면 이기는 것이고, 6구에 내가 A 원-페어였다면 투-페어를 뜨면 이길 수 있는 것이다. 그런데 각각의 확률을 비교해보면,

- 포-플러시에서 플러시를 뜰 확률: 9/46
- A 원-페어에서 투-페어 또는 트리플를 뜰 확률: 14/46

즉, A 원-페어에서 투-페어를 뜰 확률이 포-플러시에서 플러시를 뜰 확률보다 훨씬 더 높다. 이와 같은 이

유로 우리는 상대방이 투-페어를 가지고 있을 때 그것
에 대응하는 나의 카드로서는 포-플러시보다 A 원-페
어가 더 좋다는 것을 알 수 있다.

그러면 이번에는 "A 투-페어보다 좋은 포-플러시",
이것은 또 어찌해서 그렇게 되는지 알아보기로 하자.

이것 역시도 앞의 이론과 똑같은 이야기이다. 상대의
카드가 무엇이냐에 따라서 'A 투-페어' 보다 '포-플러
시' 가 훨씬 더 좋은 카드가 될 수도 있고, 훨씬 더 나쁜
카드가 될 수도 있다는 것이다. 그러면 과연 어떤 경우
에 어느 카드가 좋은지 예를 들어 비교해가며 알아보
도록 하자.

① 상대가 투-페어 또는 그 이하일 경우

② 상대가 트리플일 경우

③ 상대가 스트레이트 메이드일 경우

④ 상대가 플러시 메이드일 경우 탑이 높을 경우, 낮을
경우

⑤ 상대가 풀-하우스 메이드일 경우

　이 다섯 가지 상황을 기준으로 하여 어느 경우에 A '투-페어' 보다 '포-플러시' 가 좋은 카드인지를 살펴보기로 하자.

　우선 결과부터 먼저 얘기하면, ②와 ③의 경우에는 A 투-페어보다 포-플러시가 훨씬 더 좋은 카드가 된다.

　그것은 앞서 이야기했던 이론과 같이, ②와 ③의 경우에는 내가 A 투-페어이든 포-플러시이든 마지막에 바라는 것을 못 뜨면 지고, 뜨면 이길 수 있는 상황이다. A 투-페어에서 풀-하우스를 뜨는 것보다는 포-플러시에서 플러시를 뜨는 것이 훨씬 더 가능성이 많고 쉽기 때문이다 ②의 경우는 상대가 트리플에서 풀-하우스를 뜨지 못했을 경우를 이야기하는 것임. 그렇기에 상대가 만약 풀-하우스를 뜬다면, 그때는 A 투-페어가 더 좋은 카드가 되는 것이다.

　그러나 ①과 ⑤의 경우에는 포-플러시보다 A 투-페어가 훨씬 더 좋은 카드이다. 이것은 너무나 당연한 이야기이기에 지면 관계상 설명을 생략하기로 하겠다.

　그런데 ④의 경우에는 상대의 플러시 메이드의 탑 플러시의 가장 높은 숫자이 만약 내가 포-플러시에서 마지막에 플러시를 메이드시켰을 때 플러시의 탑이 높은지 낮은지에 따라, A 투-페어가 좋은지, 아니면 포-플러시가 좋은지가 결정된다.

쉽게 얘기해서, 내가 포-플러시에서 마지막에 플러시를 메이드시키기만 하면, 상대방의 플러시를 무조건 이길 수 있는 상황이라면 나의 플러시 탑이 아주 좋든지, 아니면 상대방의 플러시 탑이 아주 낮다고 느껴질 때, 상대방의 플러시 메이드는 스트레이트 메이드 정도의 의미밖에는 안 되는 것이다. 왜냐하면, 내가 플러시를 뜨기만 하면 무조건 이길 수 있는 상황이니까…….

그렇기에 이와 같은 경우에는 ③의 상황과 똑같은 상황이라고 보아도 무방하다. 결국 이 때는 A 투-페어보다 포-플러시가 더 좋은 카드라는 것이다.

④의 경우에서 이와는 반대로, 상대방 플러시 메이드의 탑이 아주 높거나, 내가 만약 플러시를 메이드시켜도 탑이 나빠서 상대의 플러시 메이드를 이길 수 없을 것 같은 상황이라면, 상대방의 플러시 메이드는 나에게는 풀-하우스 메이드의 위력을 가지고 있는 것이나

마찬가지가 된다. 어차피 플러시를 떠도 이기기 어려운 상황이라는 것이다. 그렇다면 이때는 ⑤와 똑같은 상황이 되는 것이다. 결론적으로,

②, ③의 경우 : A 투-페어보다 포-플러시가 좋다.

①, ⑤의 경우 : 포-플러시보다 A 투-페어가 좋다.

④의 경우 : 상대방 플러시 메이드의 탑에 따라 결정된다.

지금의 이론으로서 알 수 있듯이, 포커는 그때그때의 상황에 따라 항상 자신이 가지고 있는 패의 가치가 변하는 것이다. 예를 들어 6구 현재 'Q 트리플'을 가지고 있다면, 마지막 히든카드에 풀-하우스를 뜨고 싶지 않은 사람은 포커게임을 하는 사람이라면 아마도 한 명도 없을 것이다.

하지만 만약 그때 상대방 누군가가 'K 풀-하우스' 혹은 'A 풀-하우스' 등과 같이 'Q 풀-하우스'를 이기는 카드를 가지고 있다면, Q 트리플에서 마지막에 풀-하우스를 뜨지 못하는 것이 오히려 큰 행운이 되는 것이다. 누구라도 그러한 상황을 알 수 없는 것이기에 무

조건 Q 트리플에서 풀-하우스를 뜨기를 바랄 수밖에 없다. 그렇기에 포커게임이 더욱 어려운 것이다.

"아니, 거기서 이게 왜 떠서 더 죽게 만드는 거야, 참 재수 더럽게 없네."

우리는 이러한 푸념을 흔히 들을 수 있다. 물론 앞에서 예를 들은 것과 같이 Q 풀-하우스와 같이 엄청나게 좋은 카드를 가지고서 지는 경우는 거의 드문 일이긴 하지만, 실제로 마지막 장에 스트레이트나 플러시 등을 떠서 더 많이 잃는 경우는 아주 흔한 일이다.

이때 중요한 점은, 상대방이 마지막 카드에서 필요한 것을 뜸으로서 결국 플러시 또는 스트레이트를 잡고 있던 내가 지는 것은 어쩔 수 없는 상황이지만, 그렇지 않고 이미 상대방은 6구 또는 5구에 메이드가 되어 있는 상황이라면, 나는 결국 마지막에 스트레이트 또는 플러시를 뜨면 더 잃고, 못 뜨면 그나마 적게 잃는 참으로 불행한 경우가 되는 것이다.

히든에 나는 무엇을 뜨든 '이미 져 있는' 그러한 상황은 절대로 피해 가야 한다는 것이다. 물론 그것을 정

확하게 판단하는 것이 어려운 일이긴 하지만, 결코 불
가능한 것은 아니기에 반드시 짚고 넘어가야 할 과제
이다. 이것에 대해서는 차후에 기회가 오면 다시 설명
하기로 하겠다.

다시 앞의 이야기로 돌아가서, 결국 카드는 상황에
따라서 A 원-페어가 포-플러시보다 좋을 때도 있고
반대로 포-플러시가 A 원-페어보다 좋은 카드일 경우
도 있으며, 마찬가지로 A 투-페어와 포-플러시 역시
도 상대방 카드의 상황에 따라 어느 쪽이 더 가능성이
높은 카드인지가 바뀐다는 점을 반드시 명심해야 한
다. 그리고 어느 상황에서 어떤 카드로써 승부할 것인
지 정확히 판단할 수 있는 능력도 반드시 갖추어야 하
는 것이다.

이것은 앞의 (4)의 내용과 맥을 같이 한다. 어느 누구라도 '2 트리플'과 'A-K 투-페어' 간의 맞대결이라면 2 트리플 쪽이 훨씬 더 유리한 카드라는 것은 알고 있을 것이다. 중요한 점은, 만약에 상대의 카드가 풀-하우스 메이드인 상황이라고 가정한다면, 그때는 분명히 2 트리플보다는 A-K 투-페어가 훨씬 좋은 카드가 된다는 것이다.

이것은 너무 당연한 이야기인 것처럼 들리겠지만, 실제의 게임 상황에서는 이러한 사실을 무심코 잊어버리는 경우가 너무 많기에 여기서 다시 한번 강조하는 것이다.

상대방의 카드가 스트레이트 메이드 또는 플러시 메이드 등과 같이, 내 쪽은 2 트리플에서 풀-하우스를 떠도 이길 수 있고, A-K 투-페어에서 풀-하우스를 떠도 이길 수 있는 상황이라면 이때는 말할 것도 없이 2 트리플이 A-K 투-페어보다 훨씬 더 좋은 카드이다. 그

런데 특이한 상황에서는 A-K 투-페어가 2 트리플보
다 훨씬 좋은 카드가 되는 경우가 있는 것이다. 그러면,
과연 어떤 경우에 그렇게 되는지 알아보기로 하자.

① 상대가 풀-하우스 메이드일 경우6구까지
② 상대가 투-페어일 경우6구까지

①과 ②의 두 가지 경우에 있어서는 2 트리플보다
A-K 투-페어가 훨씬 더 좋은 카드가 된다. 이해를 돕
기 위해 좀 더 자세히 설명하면, ①의 경우에는 2 트리
플에서 포-카드를 뜨지 못하는 한 풀-하우스를 떠도
지는 상황이다. 그렇지만 A-K 투-페어에서는 'A'나
'K' 둘 중 무엇을 떠도 이길 수 있다.

물론 투-페어에서 풀-하우스를 뜬다는 것이 엄청나
게 어려운 것은 사실이지만, 그래도 2 트리플에서 포-
카드를 뜨는 것보다는 확률이 무려 4배가 높다. 그렇기
때문에 ①의 경우에는 2 트리플보다 A-K 투-페어가
훨씬 좋은 카드가 된다는 의미이다.

②의 경우에는, 상대방이 투-페어 6구까지의 상황이기 때문에 마지막 히든카드에서 풀-하우스를 뜨지 못한다면 무조건 내가 이기는 것이다 2 트리플이든 A-K 투-페어이든. 그런데 만약 상대방이 히든에 풀-하우스를 메이드시킨다면 상황은 ①과 똑같아진다.

즉 내가 이기기 위해서는, 6구째 나의 카드가 2 트리플이었다면 무조건 2 포-카드를 떠야 하고, 6구째 나의 카드가 A-K 투-페어였다면 'A'나 'K' 중의 1장을 떠야 한다는 것이다. 이렇듯 카드는 그때그때의 상황에 의해 그 가치가 크게 달라진다는 사실을 명심해야 한다.

여기서 우리가 한 가지 깨달아야 하는 것은, 6구째에 만약 내가 A-K 투-페어와 같은 카드를 가지고 있다면, 한 명도 죽지 않고 모든 멤버가 히든까지 전부 참여하여 큰 승부를 겨루는 상황이라 하더라도 상대방 가운데는 이미 무엇인가 메이드가 된 사람도 있을 수 있고, 또는 트리플, 투-페어 등으로 히든에 풀-하우스를 뜨려고 노리는 사람도 분명히 있을 것이다 다른 상대들이 뜨건 못 뜨건, 오직 내 자신이 풀-하우스를 뜨면 1등을 하는 것이고 못 뜨면 지는 상황이 된다고 봐도 무방하다. 그러니까 '뜨고서도 지는' 그런 사태는 거의 발생할 확률이 없다고 보아도 된다는 이야기이다.

그렇기에 많은 사람들이 히든까지 죽지 않고 참여하여 배당이 아주 좋을 때에는 충분히 승부를 걸어볼 가치가 있는 것이다.

똑같은 상황에서 6구째에 나의 카드가 만약 2 트리플일 경우에는, 상대방들 가운데 누군가가 이미 풀-하우스 메이드가 되어 있는 것 같은 상황이라 느껴진다면 6구에서 카드를 꺾을 줄 알아야 한다.

또한 풀-하우스가 이미 메이드가 되어 있는 사람은 없더라도, 2 트리플에서 히든에 풀-하우스를 뜨는 것이 바로 나의 완벽한 승리를 보장하기 어렵다는 것도 동시에 알아두어야 한다 다른 사람들도 히든에 풀-하우스를 뜰 가능성이 있는 것이니까. 이것이 고수와 하수의 차이점이며, 또 2 트리플과 A-K 투-페어의 차이점이다.

6) 4구 포-플러시는 무조건 뜰 것 같고, 4구 양 방 스트레이트는 안 뜰 것 같다

　이것은 이 책의 앞에서도 일차 다루었던 적이 있는 이론이지만, 여기서 다시 한번 좀 더 상세히 알아보도록 하자.

　포커게임을 할 때 하수들의 공통된 특징 중 한 가지로써 빼놓을 수 없는 점이 바로, 포-플러시를 몹시 선호하며 또 상당히 좋은 카드라고 생각하고 있다는 점이다. 포-플러시라는 카드가 나쁜 카드라는 이야기는 절대로 아니다. 하지만 보통의 하수들이 생각하듯 엄청나게 좋은 카드라고만 생각해서는 안 된다는 의미이다. 바꾸어 말해 좋은 카드는 플러시 메이드이지 포-플러시가 아니라는 뜻이기도 하다.

　일반적으로 웬만한 하수들은 처음 4구째에 포-플러시가 되면 그 판은 무조건 플러시가 메이드가 될 것같이 생각해버리는 경향이 아주 많다. 하지만 실제로 4구째 포-플러시가 7구 안에 메이드가 될 확률은,

① 5구에 메이드가 될 확률 : 9/48 평균

② 6구에 메이드가 될 확률 : 39/48 9/47 ≒ 350/2,250 ≒ 7/45 평균

③ 7구에 메이드가 될 확률 : 39/48 38/47 9/46 ≒ 13,000/103,000 ≒ 13/103 평균

① + ② + ③ ≒ 47/100

50%가 채 안 되는 확률이다. 이 50%도 채 안 되는 확률을 가지고 무조건 메이드가 될 것처럼 생각한다는 것이 얼마나 위험한 생각인지는 여러분 스스로의 판단에 맡기겠다.

여기서 또 한 가지 짚고 넘어가야 할 점은, '50%가 채 안 되는 확률' 이라는 것은 5구~7구까지 아무 때고 메이드가 될 확률을 모두 합하여 나온 숫자라는 것이다. 즉, 5구 또는 6구에 미리 메이드가 되어버리면 액면으로 상황이 드러나서 큰 장사를 기대하기가 어렵게 되므로, 결국 진정한 플러시 메이드로서의 큰 가치를 지닌 것은 액면에 나타나지 않고서 마지막 히든에 메

이드를 만드는 것이라고 할 수 있다.

이러한 여러 가지 상황들을 종합해볼 때, 포-플러시라는 카드는 5구, 6구에 메이드가 되면 액면으로 나타나기에 큰 장사를 기대하기가 어려워지며, 그렇다고 해서 5구, 6구에 메이드가 되지 않으면 점점 메이드가 될 확률은 힘들어지면서, 경우에 따라서는 6구째의 베팅이 너무 부담이 클 경우 히든을 받아보지도 못하는 상황도 충분히 발생할 수 있다는 사실을 잊어서는 안 된다. 그렇기에 포-플러시를 가지고서 4구에 레이즈를 하는 것은 득보다는 실이 훨씬 많다는 것이다.

포-플러시를 가지고서 4구 또는 5구 레이즈를 하여 판을 키워놓게 되면, 6구까지 메이드가 되지 않을 경우 6구째 상대방의 베팅을 받으려면 큰 부담이 따르게 된다 4구에서 판을 키워놓았기 때문에.

5구 또는 6구에 메이드가 되는 경우에는, 포-플러시로서 레이즈를 했었는데 그 무늬가 1장 더 떨어진 경우가 되는 것이기에 상대로부터 엄청난 견제를 받게 된다. 이와 같이 상대로부터 많은 견제를 받게 되면, 아주 특별한 경우를 제외하고는 큰 장사를 기대하기는 어렵게 되는 것이다. 그래서 '4구 포-플러시'를 가지고는 레이즈를 하지 말아야 하는 것이다.

이번에는 4구 양방 스트레이트이후로는 '양방'으로 표현하겠음의 경우를 보기로 하자.

'4구 양방'의 경우도 메이드가 될 확률은 '4구 포-플러시'와 비슷한 정도이다. 뒤의 표에서 보듯이 포-플러시에서는 메이드가 되기 위해 필요한 카드는 9장 중 1장이고, 양방에서는 메이드가 되기 위해 필요한 카드는 8장 중 1장이다.

물론 1장의 차이도 큰 것이고, 그만큼 포-플러시가 양방보다는 조금은 확률이 높은 것이 사실이지만, 실제로 하수들이 기분 상으로 "포-플러시에서는 뜰 것 같고, 양방에서는 잘 모르겠다"고 느끼는 것과 같이, 많은 차이가 절대로 아니라는 점을 여러분들은 명심해야 한다. 그리고 '4구 양방'일 경우의 베팅 요령에 관해서는 앞에서 다루었던 적이 있기에 여기서는 반복하여 설명하지 않겠다.

	메이드가 되기 위해 필요한 카드	비 고
4구 포 – 플러시 예) ◆◆◆◆	• 무조건 ◆만 오면 된다 • ◆는 총 13장인데 그중 4장은 이미 내가 가지고 있다	• 남아 있는 9장(13-4)의 ◆ 가운데 1장을 뜨면 된다 • 뜰 수 있는 장수 : 9장
4구 양방 예) 5 · 6 · 7 · 8	• '4'나 '9'가 오면 된다 　4 = 4장 　9 = 4장	• 4('4') + 4('9') = 8 • 뜰 수 있는 장수 : 8장

　지금까지의 설명으로써 알 수 있듯이, '4구 포–플러시'와 '4구 양방'은 메이드가 되었을 때 끗발의 차이는 분명히 있지만, 각각의 카드로써 메이드를 시킬 확률은 거의 비슷하다는 것을 반드시 기억하기 바란다.

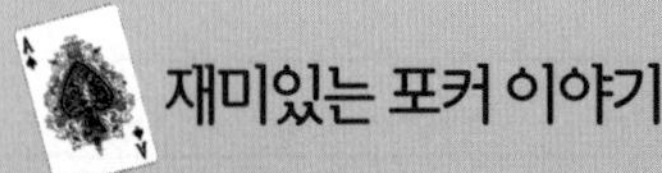

재미있는 포커 이야기

A winner is someone who knows how to deal with losing

★ 포커게임의 기본 매너

포커게임은 가장 신사적이고 합리적인 게임의 대명사로서 오늘날 세계 모든 사람들이 가장 즐기는 레저활동의 하나로 점점 자리를 확고히 하고 있다. 특히 최근에는 포커대회에 헐리웃의 유명스타들이 대거 참가해 더욱 많은 관심을 받고 있으며, 실제로 유럽과 미국에서는 어느새 포커게임이 도박의 개념을 탈피하고 두

뇌 스포츠로서 인정되고 있다.

그래서 포커 게임에서는 다른 어떤 게임보다 깨끗한 매너와 예절이 중시된다. 일례로 유럽의 고급 카지노에서는 큰 게임을 할 경우 정장을 입어야만 입장할 수 있을 정도로 엄격한 규정을 두는 곳도 있다. 물론 그렇다고 해서 친지들이나 동료들 사이에서 간단한 취미나 오락으로 즐기는 포커게임까지 이런 규정을 적용시킨다는 것은 아니다. 하지만 어느 곳의 포커게임에서든 기본적으로 지켜야 할 포커게임의 기본 매너는 반드시 있다. 그러면 포커게임에서 금기시하고 있는 기본적인 사항들은 어떤 것인지 한번 알아보도록 하자.

1. 게임 중에 쓸데없는 말을 하는 것

게임 도중에 게임과 상관없는 말을 지나치게 많이 하여 상대들의 신경을 거슬리게 하는 행동은 삼가야 한다.

2. 게임 중에 지나치게 시간을 끄는 것

게임을 하다보면 고민을 해야 하는 상황이 생기는 것은 어쩔 수 없다. 하지만 지나치게 시간을 오래 끄는 것은 게임의 순조로운 진행을 방해하므로 삼가야 한다.

3. 게임 중에 불평, 불만을 심하게 나타내는 것

돈을 조금 잃고 있거나, 자신의 뜻대로 게임이 풀리지 않는다고 하여 지나치게 불평, 불만을 하며 티를 내는 행동은 전체의 분위기를 흐리게 하므로 절대로 해서는 안 될 행동이다.

4. 카드를 구기거나 표시를 하는 것

간혹 게임을 하다보면 자신도 모르는 사이에 카드를 구기거나 더럽혀 카드에 표시가 나는 일이 있다. 이것은 경우에 따라서는 사기도박을 하려는 의도로 몰리는 수도 있다. 이런 행동은 절대로 해서는 안 될 금기 사항이다.

5. 게임 중에 음식을 먹는 것

음료수나 커피, 또는 계란 후라이 등 간단한 음식을 먹는 것이야 큰 문제가 되지 않지만, 그 외에 다른 음식을 먹는 것은 분위기가 어수선해지며, 또 손에 묻은 기름기 등이 카드에 묻을 수도 있으므로 게임 도중에 음식을 먹는 것은 자제해야 한다.

6. 남의 플레이에 대해 간섭을 하는 것

게임 중에 상대방의 플레이에 대해 '잘했다', 또는

'잘못 했다' 라는 식으로 간섭하는 행동은 상대의 신경을 건드리고 또 상대의 플레이에 영향을 줄 수 있으므로 절대 해서는 안 될 행동이다. 상대의 플레이에 트집을 잡는 것이야말로 가장 안 좋은 매너로 꼽을 수 있다.

7. 게임 중에 상대의 약을 올리는 것

포커는 누구라도 공갈에 당할 수 있고, 이길 판을 놓칠 수도 있는 게임이다. 그렇기에 상대의 실수를 약점 잡아 신경을 자극하는 행동은 신사도에 어긋나는 일이다.

이와 같은 매너들은 우리나라에서는 반드시 명심해야 할 매너이지만, 라스베이거스에서는 거의가 문제 삼지 않는 부분이다. 실제 라스베이거스 포커대회를 보면 게임 중에 말을 하거나 오버 액션을 취하거나, 또는 장고 후에 레이스를 하는 등 우리의 상식으로는 이해되지 않는 일들이 많이 발생한다. 그렇기에 여기서 말한 매너는 우리나라의 게임에서 통용되는 매너일 뿐, 만약 여러분들이 라스베이거스에 가서 게임을 할 경우라면 그 방식에 따르면 된다는 것도 참고삼아 알아두기 바란다.

7) 4구째의 레이즈

① 60% 이상이 하이 원-페어

② 무리이긴 하지만, 승부를 걸고 싶을 때는 양방의 경우도 가치가 있다 〈베팅의 요령〉의 (6)번 내용 참조.

4구에서 바로 레이즈를 하는 경우는 거의가 ①과 ②의 케이스이다. '4구 포-플러시'는, 바로 앞장에서 설명했듯이, 그러한 이유로써 어느 정도 이상의 실력을 가진 사람이라면 레이즈를 하지 않는 법이다.

그리고 '4구 트리플'은 자칫 잘못하다가는 손님(?)들을 다 쫓아 버리는 불행한 상황을 염려해 레이즈를 자제하게 되는 것이다.

그렇다면 남은 것은 '4구 투-페어' 뿐인데, 이것은 뒤에 따로 설명하기로 하겠다.

우선 ①의 경우를 보았을 때, 4구에 하이 원-페어를 가지고 레이즈를 한다는 것은 일단 정상적인 것이며, 그리고 포커게임에 대해 어느 정도의 자신감과 실력을 가지고 있는 사람의 베팅 기술이라고 말할 수 있다. 4구에 하이 원-페어를 가지고서 적당한 찬스를 포착하여 레이즈를 하고 승부를 거는 것은 고수들의 상용수단 중 한 가지이며, 또 실제로 꽤 괜찮을 승률을 보장해 준다는 것이다.

앞에서도 잠깐 다루었던 적이 있지만, 하이 원-페어를 가지고 있을 때 내가 이기기 위해서는,

㉮ 내가 트리플 또는 풀-하우스 등 상대보다 높은 족보를 만들었을 경우

㉯ 내가 원-페어 혹은 투-페어로 말랐더라도, 상대가 비전 츄라이 포-플러시, 양방를 하다가 실패했을 경우, 또는 낮은 페어를 가지고 있을 경우

㉮ 또는 ㉯의 상황이 되어야 하는 것이다.

그런데 ㉮의 경우는 내가 스스로 만들 수는 없는 상황이지만, ㉯의 경우는 나의 게임 운영과 베팅 능력으로써 어느 정도 그러한 상황을 만들 수 있는 것이다. 만약 4구째의 레이즈로써 웬만한 카드들을 4구 또는

5구 정도에 모두 죽여 버린 후 1명 내지 2명의 상대와 히든에 맞선다면, 나의 카드에 큰 상관없이 상대가 히든에 못 뜨면 그것으로서 승리는 거의 나의 것이 되는 것이다.

이와 같은 경우에 상대가 히든에 어려운 확률을 뚫고서 필요한 것을 뜨면 지는 것은 어쩔 수 없는 일이지만, 확률적으로 히든에 가서 필요한 것을 뜰 확률을 생각해볼 때 분명히 승산은 내 쪽에 훨씬 더 많은 것이기 때문이다.

그런데 상대가 6구째까지 비전 츄라이가 아닌 트리플이든가 혹은 메이드가 이미 되어 있는 상황이라서 6구까지의 여러 가지 상황으로서 판단 더 강하게 나올 경우에는, 그때까지 들어간 것을 아까워하지 말고 바로 꼬리를 감출 줄 아는 지혜도 반드시 가져야 한다. 중요한 것은 꼬리를 내릴 때는 내리더라도, 내리기 직전까지는 강한 모습을 보이는 것을 잊지 말아야 한다.

포커게임이란 내가 약한 모습을 보이면 상대는 즉시 반대로 강하게 나가는 것이므로, 아주 좋은 패를 가지고 있어서 손님들을 모셔가기 위해 작전상 약한 모습을 보이는 것이야 훌륭한 방법이다.

실제로 크게 자신이 있지 않은 상황일지라도 죽지 않고 참가하는 한, 상대의 레이즈로써 바로 죽을지언정, 그때까지는 절대로 약한 모습을 보이지 말라는 것이다.

㉯와 같은 이유로써 4구째에 하이 원-페어를 가지고서 레이즈를 하는 것은 충분히 그럴 만한 가치가 있다는 의미이다. 4구째 하이 원-페어를 가지고서 레이즈를 했다가 실패하여 피해가 더 많아지는 경우도 있겠지만, 레이즈를 하지 않고 모두를 상대하게 되면 그때는 정말 내가 높은 족보를 만들지 못하는 한 2등이 될 확률이 상당히 높아진다.

포커게임에서 꼴등보다 몇 배 더 나쁜 것이 바로 2등이라는 점을 생각할 때, 결론을 4구째의 하이 원-페어로서는 레이즈를 하고서 승부를 걸어볼 가치가 충분히 있는 것이고, 또 그렇게 하는 것이 여러분에게 보다 높은 승률을 보장한다는 것이다.

②의 경우도 역시 꽤 자주 접할 수 있는 상황이다. 이것은 기본적으로 "비전 카드 포-플, 양방로써 승부를 걸지 말라"고 하는 포커의 기초 이론에 어긋난다.

하지만 ②의 경우는 4구째 포-플러시로써 레이즈를 하는 것과는 많은 차이가 있다. 그러면 4구째 포-플러시로써 레이즈를 하는 것과, 4구째 양방 스트레이트를 가지고서 레이즈를 하는 것과의 차이점과 장단점을 다음의 표에서 알아보도록 하자.

대략의 장단점은 표를 보면 어느 정도 이해할 수 있으리라 믿는다.

그렇기에 ②의 경우는 그 가치는 인정되지만 보통 시간이 없거나 상대방 쪽에서 큰 승부를 피하는 경향이 있을 때 많이 사용하며, 따고 있는 경우나 큰 승부를 피하고 싶을 경우에는 전혀 사용하지 않아도 무방하다.

	4구 포-플러시로 레이즈를 할 경우	4구 양방 스트레이트로 레이즈를 할 경우
공통점	• 메이드가 안 되면 전혀 쓸모없는 패가 된다 • 5, 6구에 메이드가 안 되면 반대로 이쪽에서 부담이 커진다 (판을 키웠기 때문)	
장 점	• 거의 없다	• 5구 또는 6구에 메이드가 되더라도 액면으로 크게 나타나지 않으며, 큰 장사를 기대할 수 있다
단 점	• 5구 또는 6구에 메이드가 되면 액면으로 많이 노출되어 심한 견제가 예상되므로, 큰 장사를 기대하기 어렵다	• 약간은 무리한 승부라고 볼 수도 있다
비 고	• 4구에 레이즈를 하는 것은 바람직하지 않다	• 4구에 레이즈를 해볼 가치가 있다

아무튼 이 (7)장에서 우리가 알아야 할 것은, 상대가 4구에 레이즈를 했을 때 그 사람의 평소의 스타일과 지금의 이론을 잘 종합해보면 그의 패를 읽는데 많은 도움이 될 수 있다는 사실이다. 그리고 여러분 역시도 4구째에 이러한 베팅 요령을 잘 이해하고 이용할 수 있게 되기를 바란다.

마지막으로 한 가지 덧붙이고 싶은 중요한 부분은 4구째에 여러분이 레이즈를 하여 판을 키웠을 때 그 판을 꼭 먹으려는 생각을 가지지 말라는 점이다. 다시 말

해 여러분이 이길 가능성이 있는 판을 좀 더 크게 키워
놓았고, 또 여러분이 이길 가능성을 조금 높게 한 것일
뿐, 그 판을 꼭 이겨야 한다는 강박관념과 욕심을 버리
고 편안한 마음으로 게임에 임하라는 것이다. 이러한
마음가짐을 가지게 될 때 여러분은 또다시 한 단계 위
의 고수가 되는 것이다.

8) 투-페어에서 풀-하우스를 뜨려는 사람에게는 딸도 주지 말라는데 〈베팅의 요령〉 편의 (5)번 이론 참조

"밤새도록 약 8~10시간 포커게임을 해서 투-페어에
서 히든카드에 풀-하우스를 두 번만 뜰 수 있다면, 그
날은 결코 카드가 안 되는 날이 아니다"라는 얘기가 있
다. 그만큼 투-페어에서 풀-하우스를 뜨기가 어렵다
는 의미이다.

지금의 이 이야기는 앞에서도 한번 언급했던 적이 있

지만 중요성을 감안하여 한 번 더 강조하기로 하겠다. 그렇다고 이 이야기가 밤새도록 풀-하우스를 두 번 잡기가 어렵다는 뜻은 아니다. 풀-하우스는 5구에 메이드가 될 수도 있고, 6구에 메이드가 될 수도 있다.

그렇지만 여기서는 5~6구에 이미 메이드가 되어 있는 풀-하우스를 이야기하는 것이 아니며, 또 투-페어로도 이길 수 있는 상황에서 히든에서 쓸데없이 풀-하우스를 뜨는 것을 의미하는 것도 아니다.

여기서 이야기하는 것은, 히든카드에 가서 풀-하우스를 떠야만 이길 수 있는 상황에서 실제로 풀-하우스를 떠서 역전승을 하는, 그러한 풀-하우스로서의 참다운 가치가 있는 풀-하우스를 이야기하는 것이다. 그렇게 보았을 때 하룻밤에 두 번 정도만 히든에 풀-하우스를 떠서 상대방의 카드를 누르고 역전할 수 있다면, 그 날은 게임이 되는 날이라고 생각해야 한다는 것이다.

이렇듯 뜨기 어려운 풀-하우스를 하수들일수록 투-페어만 들어오면 무조건 뜰 것같이 생각하여 끝까지 미련을 버리지 않고 시도한다. 그렇기에 하수들은 항상 지는 것이며, 그 결과는 불을 보듯 뻔한 것이다. 포커게임을 하며 어느 누구인들 투-페어에서 마지막 히든카드에 풀-하우스를 떠보고 싶지 않겠는가?

그 마음은 아무리 고수라 할지라도 똑같다. 하지만 여러 가지 상황과 가능성을 생각하여 포기할 줄 알아야 한다는 것이다. 그러한 수련이 잘 되어 있는 사람일수록 고수의 대열로 올라가는 것이기 때문이다. 앞에서도 다룬 적이 있지만, 배당이 아주 좋거나, 이상하리만큼이나 무조건 뜰 것 같은 묘한 기분이 든다거나 하는 식의 특별한 경우에는 얼마든지 승부를 걸어볼 수도 있다. 하지만 기본적으로는 "풀-하우스를 못 뜨면 진다"라는 느낌이 드는 상황특히 1 : 1의 상황에서는 무리하게 풀-하우스를 뜨려고 시도하는 습관을 버려야 한다는 것이다. 이것은 꿈에서도 명심해야 할 아주 중요한 이야기임을 반드시 기억해야 한다.

그렇기 때문에 투-페어를 가지고 죽지 않으려고 하는 사람은 게임에서 절대 최후의 승자가 될 수 없으며,

"투-페어에서 풀-하우스를 뜨려는 사람에게는 딸도 주지 마라"라는 얘기가 포커 판의 우스갯소리이자 명언으로 내려오고 있는 것이다.

9) 상대방의 성격, 스타일, 초이스 습관 등을 최대한 빨리 파악해야 한다 〈공갈을 잡아내는 법〉 (1)번, 〈어떤 카드를 오픈시킬 것인가〉 [Case-6], [Case-7] 참조

이것은 실전 게임에 있어서 상당히 중요한 부분의 한 가지이다. 예로부터 "적을 알고 나를 알면 백전백승"이란 말이 있듯이, 포커게임을 함에 있어서도 상대의 스타일을 정확히 파악하고서 게임에 임할 수만 있다면 승률은 엄청나게 높아진다. 그렇다면 과연 '상대의 스타일' 이라는 말이 무엇을 의미하는 것인지, 몇 가지만 예를 들어 알아보기로 하자.

① 게임 운영을 타이트하게 하는가? 공갈이 어느 정

도 있는가?

　② 만약 내가 공갈을 시도했을 때 콜을 하고 확인을 잘하는 스타일인가?

　③ 플러시 3장으로 출발할 때 가장 낮은 숫자를 초이스해서 깔아놓는가, 아니면 오히려 높은 쪽의 숫자를 초이스하여 깔아놓는가? 〈어떤 카드를 오픈시킬 것인가〉 [Case-6] 참조

　④ 처음에 낮은 원-페어로 출발했을 경우 페어를 완벽하게 감추는지, 아니면 그 페어를 찢어서 오픈시키는지? 〈어떤 카드를 오픈시킬 것인가〉 [Case-1]~[Case-5] 참조

　이밖에도 글로써 표현하기 힘든 각각의 특징과 버릇, 스타일 등이 많이 있지만, 우선 대략적으로 위의 네 가지에 대한 상대방의 취향과 스타일을 정확히 파악할 수만 있다면 실제 게임에서 엄청난 도움이 될 것이다.

　①의 경우, 상대가 만약 게임 운영을 아주 타이트하게 하고 공갈을 별로 시도하지 않는 스타일이라고 판단되면, 그러한 스타일의 사람을 상대로는 공갈을 체

포하려고 시도하지 말아야 한다. 이러한 스타일의 사람이 베팅이나 레이즈를 해온다면 내가 그것을 인정하고도 거기에 또 레이즈를 할 수 있을 정도의 좋은 카드가 아니라면 일단 거의 지는 상황이라고 판단해야 한다는 것이다.

물론 상대가 나의 카드를 정확히 읽지 못하고서 베팅을 하는 경우라든가, 아주 간혹 공갈이 나올 수도 있겠지만 기본적으로는 이러한 스타일의 사람을 상대로는 공갈을 체포하려고 시도하지 말고 웬만하면 인정해주라는 의미이다. 그런데 반대로 상대가 공갈을 자주 시도하는 스타일이라고 느껴질 때는, 적당한 기회를 포착하여 공갈을 체포하려는 시도를 해볼 만한 가치가 있는 것이다.

②의 경우 상대가 확인을 잘 하는 스타일이라 판단된다면, 그러한 사람을 상대로는 가능한 한 공갈을 시도하지 말아야 한다. 이것은 너무나 당연한 이야기이기도 하다.

하수일수록 상대가 누구인지 생각도 않고 무작정 공갈을 시도하는 경향이 있기 때문에 그만큼 실패할 확률이 높아지고, 고수들은 공갈을 시도할 때도 여러 가지 상황과 상대가 누구인지를 정확히 판단하기 때문에 그만큼 더 성공의 확률이 높아지는 것이다.

③의 경우도 상당히 중요한 이야기이다. 일반적으로 하수들은 처음에 플러시 3장이 들어오면 아무런 생각 없이 거의 기계적으로 가장 낮은 숫자를 오픈시키는 아주 나쁜 버릇을 가지고 있다.

우선 아래의 그림을 보기로 하자.

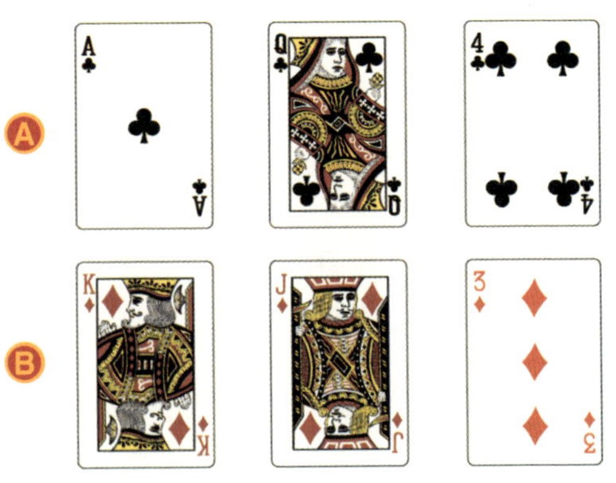

하수들은 [A] 같은 경우에 무조건 '4'를, [B] 같은 경우에는 무조건 '3'을 오픈시킨다는 것이다. 그런데 이

것은 포커게임을 하는 한 반드시 버려야 할 아주 나쁜 습관이다 〈어떤 카드를 오픈시킬 것인가〉 [Case-6] 참조.

이같이 처음에 플러시 3장이 들어왔을 때 습관적으로 가장 낮은 숫자를 오픈시키는 것은 곧 상대방으로 하여금 자신의 카드를 읽기 쉽게 만들어준다.

바꾸어 말해, 처음에 오픈시킨 숫자가 ♥-Q또는 ♥-J, ♥-10라고 가정한다면, 상대들은 일단 "아, 저거 하트 플러시 쪽은 무조건 아니구나"라고 아주 편하게 생각할 수 있다는 것이다. 왜냐하면 플러시 3장을 갖고 출발할 때 항상 가장 낮은 숫자를 오픈시켜 왔다면, ♥-Q가 처음에 오픈되었다는 것은 처음에 하트 A·K·Q로 출발하지 않은 이상 이론상으로는 절대로 하트 플러시 3장으로 출발한 것이 아니라는 결론이 되기 때문이다.

마찬가지로 10, J 정도의 숫자를 처음에 오픈시켰을 경우에도, 똑같은 무늬로 10이나 J보다 높은 숫자 2장을 손에 들고 있는 것이 아닌 한 플러시 3장 출발은 아니라고 보아도 무방하다. 이것이 바로 플러시 3장으로 출발할 때 습관적으로 가장 낮은 카드를 오픈시키는 사람의 불리한 점이다.

그렇기에 [A]와 같은 경우에 항상은 아니라도 최소한 2~3번에 1번 정도는 Q를, [B]와 같은 경우에는 J 또는 K를 처음에 오픈시킬 줄 알아야 하며, 또 반드시 그렇게 해야 한다. 이와 같은 이론을 알고서, 상대가 플러시 3장으로 출발할 때 어떤 식의 초이스를 하는지 유심히 관찰하여 스타일을 정확히 파악해둔다면, 여러분에게 많은 도움이 될 것이다.

④의 경우도 ③의 경우와 흡사한 이야기이지만, 이것은 페어의 경우이기에 따로 나누어서 설명하도록 하겠다.

case-1   

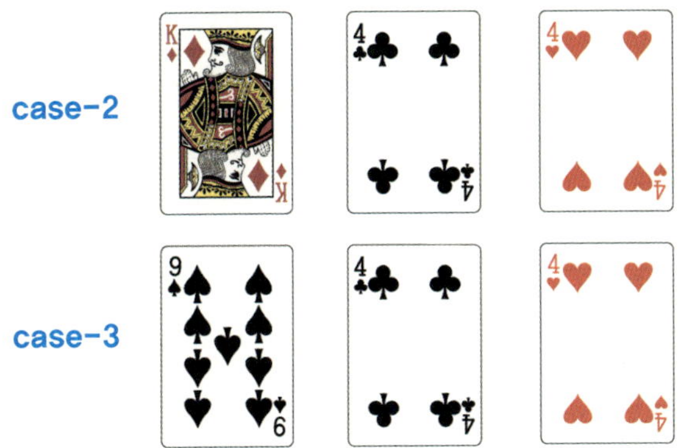

　그림의 [Case-1]~[Case-3]과 같은 경우에 어떤 카드를 오픈시켜야 하는지에 대해서는 앞에서 이미 설명했던 것이기에 여기서는 생략하기로 하며, 여기서 다루는 중요한 점은 [Case-1]~[Case-3]과 같은 카드가 들어왔을 때 '상대가 과연 어떤 카드를 오픈시키는 스타일이냐?' 하는 것을 정확하게 파악해두어야 한다는 점이다.

　만약 상대방이 [Case-1], [Case-2], [Case-3]과 같은 경우에 '4'를 오픈시키는 스타일이라 판단된다면, 그 사람의 경우에는 처음에 오픈시켰던 숫자특히 중간이하의 낮은 숫자가 한 장 더 그 사람의 액면에 떨어져서 액면으로 페어가 되었을 경우에는 트리플의 가능성을 항상 염두에 두어야 하는 것이다. 이해를 돕기 위해 아래의 그림을 보자.

　[A], [B] : 처음에 낮은 페어를 찢는 스타일이라면 트리플의 가능성이 많다.
　[C] : 트리플의 가능성이 별로 많지 않다.

　그림에서 보듯이 [A]와 [B]의 경우는 처음에 ‘5’를 오픈시켜 놓은 상태에서 4구 또는 5~6구에 ‘5’가 한 장 더 와서 ‘5 원-페어’가 액면으로 되어 있는 상황이다.

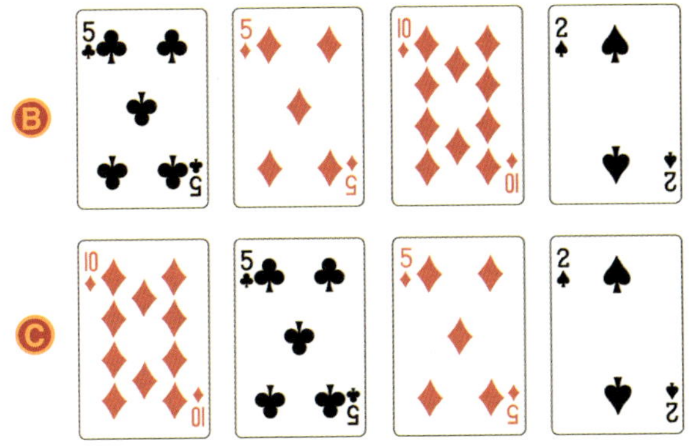

이와 같은 경우에는 앞에서 말한 대로, 처음에 낮은 페어를 찢는 스타일의 사람이라면, 트리플의 가능성을 상당히 염두에 두어야 한다는 것이다.

하지만 만약에 낮은 페어를 처음에 찢어서 오픈시키지 않고 다른 숫자를 오픈시킨 후 페어를 손 안으로 모두 감추는 스타일의 사람이라면, [A], [B]와 같은 경우라도 트리플의 염려는 거의 하지 않아도 괜찮다는 것이다.

쉽게 얘기해서, 손 안에 원-페어를 가지고 있고 또

액면으로 원-페어가 깔려 있기 때문에 투-페어가 나오는 경우가 거의 대부분이며 6구까지의 상황, 경우에 따라서 포-카드 또는 풀-하우스 메이드가 되어 있을 수는 있겠지만, 그것은 희박한 확률이기에 지면 관계상 나중에 다시 한번 기회가 온다면 그때 자세히 설명하도록 하겠다.

[C]와 같은 경우라면 상대가 어떤 스타일이든 일단 5 트리플이 나올 가능성은 그리 많지 않다고 보아도 무방하다. 하지만 그렇다고 해서 [C]와 같은 경우에 5 트리플의 가능성을 완전히 무시하라는 뜻은 결코 아니다. 특별한 상황이 아니라면 5 트리플의 가능성은 남겨둔 채 그리 크게 긴장하지는 않아도 될 정도라는 의미이다. 이와 같이 상대가 어떤 스타일로 처음의 카드를 오픈시키느냐 하는 것을 정확히 알고 있다면, 상대의 패를 읽을 때 훨씬 수월해지고 정확해질 수 있는 법이다.

그렇기에 언제 어느 때든 기회가 있을 때마다 상대의 초이스 스타일이나 베팅 요령 등을 놓치지 말고 잘 파악해두는 것, 이것이 바로 당신의 승률을 조금이라도 더

높여주며, 그러한 모든 것들이 하나하나 쌓여가면서 비
로소 당신도 고수의 대열로 들어서게 되는 것이다.

♠ 게임운영의 전략 에피소드-1

탐욕은 패배자의 벗이다. 탐욕은 승자를 패자로 바꾼다.

Greed is a loser's ally. Greed turns winners into losers.

포커 게임을 하는 사람치고 4구 포플러시가 들어왔을 때 좋아하지 않는 사람은 없을 것이다. 4구 포플러시는 플러시를 메이드시킬 확률이 47%나 되고, 또 메이드를 시켰을 경우 80%에 가깝게 승리가 보장된다는 점을 감안했을 때 그 가치는 틀림없이 매력적이다.

4구 포플러시 이외에도 4구 A-원페어, 4구 트리플, 4구 하이 투페어, 4구 양방 스트레이트, 극단적인 경우는 4구 포카드에 이르기까지 4구째부터 많은 가치를 가진 좋은 카드는 다양하다.

　그런데 아주 좋은 카드로 분류되는 이런 여러 가지 종류의 카드들이 가지고 있는 공통점은 단지 승산이 높다는 점일 뿐, 각각의 패들이 가지고 있는 특성과 그에 따른 운영방법은 각양각색임을 잊어서는 안 된다.

　예를 들어 4구 포카드나 4구 트리플인 경우에는 상대를 곱게 모시고 가야 하며, 4구 A-원페어인 경우에는 레이즈를 해서 상대의 수를 줄여야 한다. 또한 4구 양방 스트레이트인 경우에는 레이즈를 해볼 만한 찬스이며, 4구 포플러시인 경우에는 결코 레이즈를 하지 말아야 한다는 식이다.

　그러나 대부분의 하수들이 이러한 포커의 기본 상식도 모른 채 그저 4구째에 좋은 카드만 가지고 있으면 물불을 가리지 않고 레이즈를 일삼고 있으니 실로 안타까운 일이다. 그 중에서도 하수들에게서 가장 대표적으로 나타나는 현상이 바로 4구 포플러시만 들어오면 광분한다는 점이다.

　물론 4구 포플러시를 가지고 레이즈를 하는 것이 항상 나쁘다고는 절대 얘기할 수 없다. 경우에 따라서는

4구 포플러시로 레이즈를 하며 판을 키워 엄청난 빅팟을 만들어서 이기는 경우도 얼마든지 발생할 수 있기 때문이다.

하지만 그러한 현상은 아주 드물게 한 번씩 일어날 뿐 거의 대부분의 경우에 득보다 실이 훨씬 많다는 사실을 유념해야 한다.

포플러시로 4구째부터 레이즈를 하는 것이 왜 득보다 실이 훨씬 많은 이적행위인가에 대한 설명은 다음으로 미루고 우선 4구 포플러시로 레이즈를 하여 일어났던 재미있었던 해프닝을 한 가지를 소개하겠다.

H 증권회사 내에서는 그래도 카드깨나 친다고 자부하고 있던 아마추어 실력자들끼리의 대결이었다. 멤버는 모두 다섯 명이었으며, 그 가운데 N씨가 바로 포플러시교의 열렬한 신자였다.

N씨는 포커 경력도 꽤 오래 되었고 실력도 그런대로 괜찮았는데 이상하게도 포플러시를 가지고 있을 때만은 어리석고 무모한 행동을 일삼는 나쁜 버릇을 가지고 있었다. 그래서 비슷한 실력의 다섯 명 멤버 중 N씨

의 성적은 거의 하위권을 벗어나지 못하고 있었다.

그림을 보자. 4구 현재 각각의 액면이다.

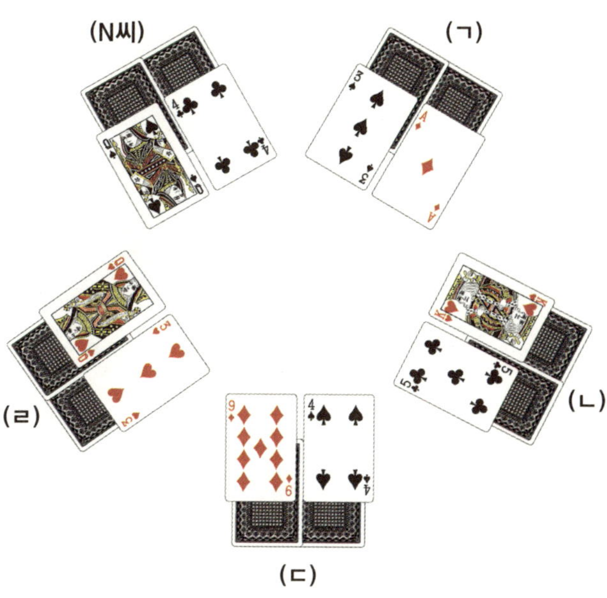

그림에서 보듯 N씨는 4구에 포플러시였고 나머지는

그저 평범한 액면이었다. 이런 상황에서 보스인 (ㄱ)이 베팅을 하고 나왔다. (ㄴ), (ㄷ), (ㄹ)은 물레방아가 돌아가듯 자연스럽게 콜, 콜, 콜을 외쳤다. 그러자 N씨는 예의 그 스타일이 발동, 좋은 찬스라고 생각하며 힘차게 레이즈를 하였다.

(ㄱ) 콜, (ㄴ) 기권, (ㄷ) 콜, (ㄹ) 콜이었다.

그리고 나서 5구째 카드가 떨어졌다.

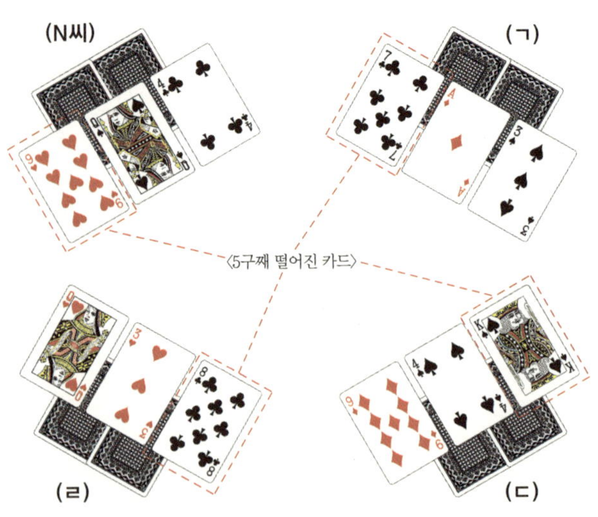

N씨는 ─9가 떨어지며 플러시가 메이드되지 않았고 나머지 3명 역시 그저 별 볼일 없는 패로 보이는 평범한 상황이었다.

그러나 보스인 (ㄱ)은 뭔가 믿는 구석이 있는 듯 베팅을 하고 나왔다. (ㄷ)은 죽었으며 (ㄹ)은 콜을 하였다. 그러자 N씨는 이번에도 기다리고 있었다는 듯 레이즈를 하며 판을 키웠다. N씨가 레이즈를 하자 (ㄱ)은 N씨의 액면을 한번 쳐다보고는 콜을 하였다. (ㄹ) 역시 망설임 없이 콜.

이렇게 되어 멤버는 세 명으로 압축되었다.

그리고 나서 6구째 카드가 떨어졌다.

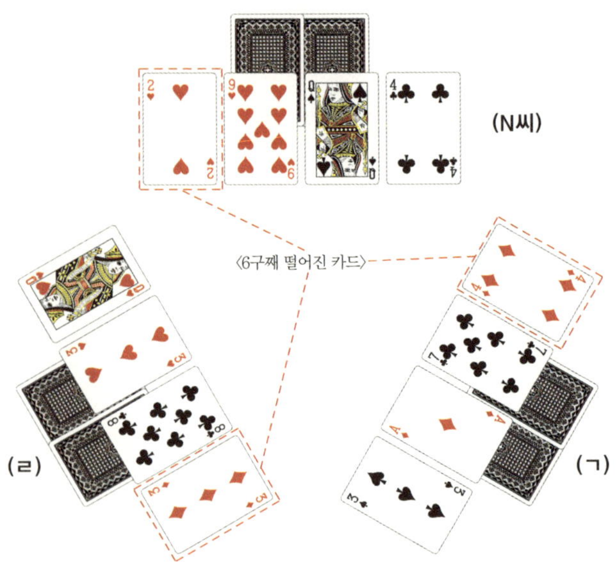

그림에서 보듯 N씨와 (ㄱ)에게는 별 도움이 되지 않는 카드가 떨어진 것 같은 느낌이었고, (ㄹ)에게는 3이 떨어지며 액면으로 3-원페어가 되었다. 그러면서 보스가 (ㄱ)에게서 (ㄹ)로 바뀌어졌다.

보스인 (ㄹ)은 액면에 3-원페어가 떨어졌는데도 자신이 없는 듯 체크를 하고 나왔다. 그러자 N씨는 플러시가 메이드되지 않았는데도 늠름하게 하프를 외치며 베팅을 하고 나왔다.

N씨는 다음과 같은 두 가지 계산을 했던 것이다.

첫째, 상대들의 액면이 모두 별 볼일 없었기에 베팅을 함으로써 상대를 죽일 수 있을지도 모른다.

둘째, 혹시 이러한 기대가 빗나가 상대가 콜을 하고 따라오더라도 히든에 플러시를 뜨면 이길 수 있다.

그런데 바로 이어지는 (ㄱ)의 행동은 N씨의 이런 계산이 잘못된 것임을 깨우쳐 주고 있었다.

(ㄱ)이 레이즈를 하며 판을 엄청나게 키우는 것이었다. (ㄱ)이 특별하게 좋은 패를 가지고 있는 것 같지도 않았는데 레이즈를 할 수 있었던 이유는 N씨의 평소 스타일과 액면을 감안할 때 N씨의 패를 포플러시로 확신하고 있었기 때문이었다.

이렇게 되자 잠시 고민하던 (ㄹ)은 카드를 꺾었고, 뜻밖의 상황에 봉착한 N씨는 가느다란 신음소리를 내며 충격을 받았음을 드러내고 있었는데, 그렇다고 해서 죽을 N씨는 결코 아니었다.

N씨는 마치 그래? 어디 한번 해보자라고 생각한 듯 주저 없이 콜을 하였다. 이제 N씨와 (ㄱ)의 일대일 상황이 되며 마지막 히든 카드를 받게 되었다.

(ㄱ)은 자신의 카드를 보자마자 삥—을 달고 나왔다. 그 순간 N씨는 뜨기만 하면 죽이는 거라며 강한 자신감을 느끼면서 히든 카드를 쪼았다. 그러나 포커 게임이란 쓸데없을 때는 곧잘 뜨면서도 꼭 떠주어야 할 때는 왜 그렇게도 떠주질 않는지. N씨는 히든 카드에 플러시를 뜨지 못하고 말았다.

그렇게 되자 N씨는 온몸의 힘이 다 빠져 나가는 듯한 허탈감을 느낌과 동시에 한편으론 약이 올랐다. 그것은 처음부터 포플러시를 가지고 레이즈를 하며 혼자서 판을 키우다시피 했는데, 결과는 자신의 패배로 드러나게 되었다는 분통함에서부터 나오는 약오름이었다.

이러한 감정이 생기자 N씨는 불현듯 공갈이라도 시

도해서 이기고 싶다는 오기가 발동하기 시작했다.

그리고 (ㄱ)의 액면이 별 볼일 없다는 점 또한 공갈을 시도하려는 N씨의 마음을 부추기기에 충분했다. 급기야 N씨는 초반부터 포플러시를 가지고 계속 레이즈를 하며 범했던 실수를 공갈로 회복하려는 마음으로 베팅을 하고 나갔다. 즉, 공갈을 시도한 것이다.

그러나 (ㄱ)은 너무도 야속할 만큼 N씨가 베팅을 하자마자 조금의 망설임도 없이 콜을 하며, 떴으면 먹으라는 것이었다. (ㄱ)의 손에서는 A-투페어가 나왔으며 그걸로 충분했다. 결국 이 판에서 N씨는 엄청난 피해를 보며 급격히 무너지고 말았다.

지금의 이런 상황은 실전에서 종종 일어나는 일이다.

그렇다면 N씨는 지금의 이 한 판에서 몇 번이나 잘못된 플레이를 했을까?

첫 번째 잘못은 4구에서 레이즈를 한 것, 두 번째 잘못은 5구에서 레이즈를 한 것, 세 번째 잘못은 6구에서 베팅을 하고 나간 것, 네 번째 잘못은 6구에서 콜을 하고 따라 간 것, 다섯 번째 잘못은 히든 카드에서 공갈을 시도한 것, 모두 다섯 번이나 잘못을 저질렀다.

여러 차례에 걸쳐 강조해 왔듯이 포플러시라는 카드는 4구든, 5구든, 6구든 아주 특별한 상황을 제외하고는 레이즈를 해서는 안 된다. 그런데도 N씨는 4구, 5구에서 계속 레이즈를 하였다 첫 번째, 두 번째 잘못.

4구, 5구에서 계속 레이즈를 하며 판을 키워 놓았기에 6구에서도 베팅을 하지 말고 체크를 했어야 했다. 왜냐하면 액면을 잘 보면 쉽게 알 수 있듯이 N씨의 패는 거의 포플러시가 아니면 하이 원페어의 둘 중 한 가지로 읽혀지는 상황이었기 때문이다. 그 중에서도 특히 포플러시로 읽혀지는 상황이었다고 할 수 있다.

그러니 N씨가 6구에서 베팅을 한들 겁낼 사람이 누가 있겠는가? 세 번째 잘못

앞에서 말한 대로 (ㄱ)씨는 N씨의 패를 포플러시로 거의 확신하고 있었기에 특별한 좋은 카드가 아니었는데도 자신 있게 레이즈를 할 수 있었다. 즉, 이런 상황에서는 (ㄱ)씨가 A-원페어 정도만 가지고 있어도 충분

히 레이즈를 하고 승부를 걸 수 있다는 것이다.

N씨가 6구에서 레이즈를 맞았을 때, 이때라도 N씨는 자신의 잘못된 플레이를 뉘우치고 죽었어야 했다. 포플러시를 가지고 상대와 일대일로 승부를 벌이는 것은 어떠한 경우에든 무리한 플레이라고 봐야 하기 때문이다.

게다가 지금처럼 6구에서 콜을 해야 하는 금액이 엄청날 때는 더욱 신중하게 생각하고 어려운 승부임을 인정했어야 했다 네 번째 잘못.

히든에서 플러시를 못 뜨게 된 N씨의 허탈한 심정은 충분히 이해할 수 있다. 하지만 그렇다고 해서 자신의 패가 뻔히 포플러시로 읽혀지고 있는 상태에서 공갈을 시도한다는 것은 너무도 무모한 행동이다. 공갈이 성공할 가능성이 거의 희박한 상황이라는 것이다 다섯 번째 잘못.

간단하게 N씨의 잘못된 플레이를 지적했다. 이렇게 여러 번에 걸친 잘못된 플레이 때문에 참으로 아무것도 아닌 판에서 N씨는 엄청난 피해를 보며 자멸하고 말았다. N씨의 잘못된 플레이는 4구째부터 시작되었지만 5구, 6구째에라도 빨리 그러한 플레이를 중단해야 했다.

그러나 별 생각 없이 했던 처음의 조그만 거짓말 때문에 계속 그 거짓말을 정당화시키기 위한 거짓말을 하게 되며 점점 생각지 못했던 상황이 벌어졌다. N씨가 범한 4구, 5구에서의 잘못된 플레이로 인해 이미 브레이크가 듣지 않는 상태에 이른 것이라고 볼 수 있다. 즉, 7구째에 N씨가 공갈을 시도한 것은 어느 정도 예상된 시나리오나 마찬가지라는 것이다.

필자는 포커 게임을 즐기는 모든 하수들에게 꼭 해주고 싶은 말이 있다. 그것은 4구 포플러시에서 플러시를 뜨는 것이 쉽다고 생각하면 4구 양방 스트레이트에서 스트레이트를 뜨는 것도 쉽다는 것이다. 또한 4구 양방 스트레이트에서 스트레이트를 뜨는 것이 어렵다고 생각하면 4구 포플러시에서 플러시를 뜨는 것도 어렵다는 것이다.

이 말은 어찌 듣기에는 너무도 당연한 이야기지만 다

시 한번 설명하면 4구 포플러시나 4구 양방 스트레이
트는 거의 비슷한 카드라는 것이다

포플러시라는 카드는 절대로 좋은 카드가 아니다. 좋
은 카드는 플러시 메이드이다. 그렇기에 광분을 하려
면 플러시가 메이드된 후에 광분해야 한다.

투페어나 트리플은 비록 풀하우스를 못 뜨더라도 그
자체가 이미 좋은 카드이기에 얼마든지 광분할 수 있
는 카드이다. 하지만 포플러시는 플러시를 떴을 때만
그 위력이 생기는 카드이다. 투페어나 트리플은 풀하
우스를 뜨기 위한 카드가 아니고 그 자체가 좋은 카드
다. 하지만 포플러시는 오직 플러시를 뜨기 위한 카드
이므로 플러시를 못 뜨면 아무런 쓸모없는 카드가 된
다는 것이다.

포커 게임을 하는 한 좋은 카드는 포플러시가 아니고
플러시 메이드라는 사실을 한시라도 잊어서는 안 된
다. 그렇기에 특별한 경우가 아니라면 포플러시로 4구
에 레이즈를 하는 것은 즐겨서는 안 될 게임 운영임을
명심해야 한다.

4구째 레이즈를 하는 가장 중요한 의미는 4구부터 상대의 수를 줄여 나감으로서 본인의 승률을 올릴 수 있어야 한다는 점이다. 이런 면에서 보았을 때 4구 포플러시는 상대를 줄여나가든 줄이지 않든 대부분의 승부는 본인이 플러시를 뜨느냐 못 뜨느냐에 달려 있다고 해도 과언이 아니다.

즉, 4구 포플러시라는 카드는 상대가 몇 명이든 뜨면 웬만하면 1등을 할 수 있는 반면, 못 뜨면 상대가 몇 명이든 이기기 힘들다는 의미이다.

그렇기에 처음부터 굳이 상대를 줄이는 것보다 여러 명을 데리고 가며 더 좋은 배당을 노리는 게 올바른 운영이 된다.

반대로 4구에 하이 원페어를 가지고 있을 때는 4구부터 레이즈로서 상대의 수를 줄여나가는 운영으로 본인의 승률을 높일 수 있다. 예를 들어 4구에서부터 강한 레이즈를 하여 상대들을 드롭시킨 후, 승부를 포플러시를 가지고 있는 사람과 일대일로 만든다면 승부는 여러분의 패와 상관없이 상대가 플러시를 뜨느냐, 못 뜨느냐에 따라 결정된다. 그런데 다들 알고 있듯이 포플러시에서 히든에 풀하우스를 뜰 확률이란 불과 20% 내외, 즉 5판 중 1판의 확률이며 이것은 5판 중 4판을 여러분이 이긴다는 말이기도 하다.

그러니 여러분들도 4구에 레이즈를 하는 것이 어떤 의미가 있는 것인지를 잘 판단하고 이후로는 올바르고 정확한 4구째의 게임 운영을 터득하여 좋은 승률을 갖길 바란다.

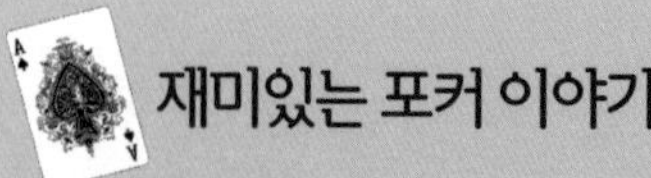

★ 운과 실력

얼마 전 끝난 세계포커대회에서 무명의 아마추어 선수가 세계 정상급의 프로 갬블러를 모두 이기고 챔피언에 등극했던 일이 있었다. 아마추어가 세계 정상의 프로를 이겼다면 이것은 분명히 사건이며 충격적인 일이다. 더구나 게임의 내용까지 프로 갬블러를 압도하였기에 모든 사람들을 놀라게 하기에 충분했다. 게임

도중 해설자는 프로 갬블러의 플레이에 실수가 많았다고 얘기했지만, 필자 역시 포커전문가의 입장에서 보았을 때, 프로의 실수보다는 아마추어 선수의 플레이가 워낙 훌륭했던 것으로 느껴졌다. 결승전이 끝난 후 우승자는,

"결승에 오른 것만으로도 최고의 영광인데 우승이라니 믿어지지 않는다. 운이 따랐고, 또 내가 아마추어라서 프로선수들이 봐준 덕분이다"라며 겸손해했고, 준우승을 차지했던 프로 갬블러는,

"아마추어 선수라는 게 믿어지지 않을 만큼 지금 당장 프로에 와도 정상급으로 손색이 없는 솜씨였다. 난 실력에서 밀려서 진 것이다. 진심으로 축하한다"라며 자신의 패배를 깨끗하게 승복했다. 대회를 지켜본 필자 역시 우승자에게 운도 따랐지만 실력도 뛰어났다고 느꼈다.

아무튼 전 세계 포커매니아들에게 신선한 충격을 준 이 일은 포커를 잘 아는 사람들, 그리고 포커대회를 경험해본 사람들에게는 그리 놀라운 일이 아니다. 다른

종목과는 달리 포커에서는 이러한 사건이 꽤 자주 일어나는 일이기 때문이다.

대회와 같이 정해진 짧은 시간 안에 승부를 내야 하는 게임 방식에서는 고수가 이긴다는 보장을 하기가 만만치 않다. 대회에서는 약간은 무모하고 과감한 플레이가 오히려 좋은 결과를 가져오는 경우가 많다. 짧은 시간 내에 승부를 가려야 하기에 지나치게 신중하기만 해서는 지지는 않지만 중간 성적으로 다음 라운드에 진출하기 어렵기 때문이다.

즉, 결승전이 아닌 한 대회에서는 중간은 필요 없다는 것이다. 그렇기에 '모 아니면 도' 식의 플레이가 대회에서는 유력할 때가 많다는 이야기이다. 이러한 플레이는 실전의 게임에서는 너무도 위험하기에 써서는 안 될 방법이지만 대회에서는 다르다.

세계적인 갬블러들이 포커토너먼트에서 탈락하는 것은 아주 흔한 일이며, 또 전혀 이상한 일이 아니다. 그들이 아무리 포커의 최고수들이라 한들, 한두 판의 승부에서 결정나는 토너먼트대회에서 매번 이기는 패만을 가질 수는 없기 때문이다.

무명의 아마추어라도 몇 번의 행운만 따라 준다면 우승은 쉽지 않더라도 토너먼트 진행 중 초일류고수들을 얼마든지 탈락시킬 수 있다는 점도 무시할 수 없는 부분이다.

지금의 이야기는 포커대회라는 특수한 상황을 말하는 것이지만 실전의 게임에서도 짧은 시간의 게임이라면 하수가 고수에게 이길 가능성이 가장 높은 종목 중 하나가 바로 포커이다. 단기 승부에서는 변수가 많이 발생한다는 점이 바로 포커의 매력이자 어려움이며 또 함정이기도 하다. 그리고 이것이 하수들이 포커게임에 대한 미련을 버리지 못하는 가장 큰 이유이다.

그러나 대회와는 달리 실전 게임은 짧은 시간에 끝나지 않는다. 그날그날의 게임은 시간이 되면 끝나겠지만, 다음날도 그 다음날도 계속 이어진다고 보았을 때 결국 이때는 실력의 차이대로 결과가 나올 수밖에 없다.

단기전에서는 한두 번의 운이 승부에 큰 영향을 주지

만 정상적인 승부에서는 운이 차지하는 부분이 훨씬 떨어지기 때문이다. 그리고 한 번씩 찾아오는 행운 또한 실력을 갖춘 사람에게 훨씬 더 자주 주어지는 선물임을 잊어서는 안 된다. 그렇기에 승부가 걸린 어떤 종류의 게임에서도 여러분들은 지켜주는 것은 실력밖에 없는 것이다.

10) Q, K, A 등을 오픈시켰을 때 4, 5, 6구 중 그 카드의 페어가 떨어지는 것은 트리플의 가능성이 거의 없다 〈어떤 카드를 오픈시킬 것인가〉 [Case-1]~[Case-5] 참조

이것은 바로 앞에서 설명한 '처음에 낮은 원-페어를 찢어서 오픈시키는 스타일의 사람은 처음에 오픈시킨 그 숫자가 1장 더 떨어져 액면으로 페어가 될 경우 트리플의 가능성을 염두에 두어야 한다' 는 것과 반대의 이야기다.

포커게임을 하는 사람이라면 누구든 아주 특별한 경우를 제외하고 절대로 처음에 하이 원-페어를 찢어서 오픈시키려 하지 않는다. K 원-페어를 손 안에 가지고 있는데 4구나 5구에서 K가 떨어지는 것이야말로 포커를 즐기는 모든 사람들이 한결같이 바라고 있는 환상적인 상황이기 때문이다.

가능하면 자신의 패를 감춰 남이 읽기 어렵게 만드는 것이 승패와 직결되는 사항이라 할 때, 누구든 처음에 높은 페어를 감추려 하는 것은 당연하다. 그렇다면 우리는 이 '어느 누구라도 처음에 높은 원-페어를 찢어서 오픈시키려 하지 않는다' 는 점에서 또 한 가지 중요한 사실을 알 수 있다.

바로 'Q, K, A 등을 처음에 오픈시켰을 때, 그 카드의 페어가 떨어지는 것은 트리플의 가능성이 거의 없다' 는 사실이다. 이것은 실전에서 상당히 자주 나오는 상황이므로 정확하게 이해하여 반드시 실전에 응용해 볼 만하다. 그러면 우선 그림을 보기로 하자.

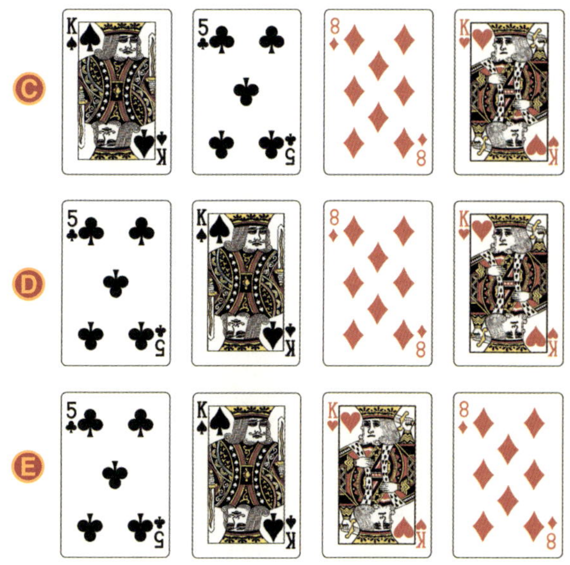

　[A]는 처음에 'K'를 오픈시킨 후 5구에 'K'가 또 떨어진 경우이다.

　[B]는 처음에 'K'를 오픈시킨 후 4구에 'K'가 또 떨어진 경우이다.

　[C]는 처음에 'K'를 오픈시킨 후 6구에 'K'가 또 떨어진 경우이다.

　[D]는 처음에 오픈시킨 숫자와 관계없이 4구, 6구에

‘K’가 떨어진 경우이다.

[E]는 처음에 오픈시킨 숫자와 관계없이 4구, 5구에 ‘K’가 떨어진 경우이다.

앞의 그림에서 [A]~[C]와 같이 ‘K’가 처음에 오픈된 상황에서 4~6구에 ‘K’가 한 장 더 떨어져서 액면으로 ‘K 원-페어’가 된 경우에는, 앞에서 말한 대로 K 트리플의 가능성은 거의 없다고 보아도 무방하다는 것이다.

그런데 [D] 또는 [E]와 같이 처음에 오픈시킨 카드와 상관없이 그 이후에 ‘K’가 2장이 떨어져서 액면으로 K 원-페어가 되었을 경우에는 K 트리플의 가능성을 무시해서는 안 되는 것이다. 그렇다고 해서 [D]와 [E] 같은 경우에 K 트리플의 가능성이 상당히 높다는 것은 아니고, 그 가능성을 겁내서 플레이가 위축될 필요까지는 없다.

[A]~[C]의 경우와 비교하였을 때 [D], [E]의 경우는 트리플이 나올 가능성이 어느 정도 있는 것이기에 그

때그때의 상황을 잘 판단하여 현명하게 대처해나가는 것이 바람직하다.

재차 장담하지만, [A]~[C]의 경우에는 아주 특별한 경우를 제외하고는 '거의 트리플이 없다'고 생각해도 무방할 정도이고, [D]~[E]와 같은 경우에는 트리플의 가능성을 어느 정도 생각하고서 게임에 임해야 한다는 것이다.

보통의 하수들이 생각 없이 보기에는 [A]~[E]까지의 카드가 똑같은 카드라고 느껴질지 모르지만, 실제로는 앞의 설명과 같이 그렇게 엄청난 차이점이 있는 카드라는 점을 이제부터라도 반드시 깨달아야 한다. 그리고 이 이론을 잘 이해하고서 공갈을 시도할 찬스를 선택한다면 공갈의 성공률이 훨씬 높아질 것이다.

**11) 자신의 액면에 깔려 있는 카드와 손 안에 있
는 카드가 일치할 때는, 레이즈를 맞으면
무조건 죽어야 한다** 히든에서

이것은 앞에서도 설명했던 적이 있지만 좀 더 이해하
기 쉽게 설명하면, 나의 액면에 깔려 있는 카드를 보고
서 상대방들은 모두,

"아, 저건 ○○○겠구나"하고 나름대로 판단을 하게
된다. 그리고 그 판단은 대부분의 경우 어느 정도의 정
확성을 가지게 된다. 왜냐하면, 나의 액면에 깔려 있는
4장의 카드를 보고서 그 주변에 빠져 있는 카드들과 진
행 상황, 나의 스타일이나 특징 등 모든 것을 종합하여
상대 쪽에서 판단을 내리는 것이기에 어느 정도의 정
확성을 가지고 있다고 보아야 하는 것이다.

그렇다면, 그러한 상황에서 내가 히든에 베팅을 하고
나갔는데 상대 쪽에서 레이즈가 날아온다는 것은, 나
의 패를 나름대로 진단해본 후 "이길 수 있다"는 확신
이 들었기 때문이라고 봐야 한다. 상대가 만약 공갈로

써 나를 죽이려는 것이 아니라면 이때는 거의 90% 정도는 지는 상황이 틀림없다.

내가 액면에 스트레이트 쪽의 카드를 깔아놓고서 실제로 스트레이트 메이드를 잡고 있거나, 내가 액면에 플러시 쪽의 카드를 깔아놓고서 실제로 플러시 메이드를 잡고 있을 경우에, 히든에 베팅을 하고 나갔는데 상대로부터 레이즈가 날아온다는 것은, 상대방이 나의 카드를 스트레이트 메이드 또는 플러시 메이드로서 이미 인정하고서 레이즈를 한 것이라는 얘기다. 그렇기 때문에,

"스트레이트 메이드인데 어떻게 죽어?"

"플러시 메이드인데 어떻게 죽어?"

하며 미련을 갖는 것은 거의 하수들만의 아주 우매한 생각이다. 다시 한번 요약하면, 나의 액면에 깔려 있는 카드와 손 안에 들고 있는 카드가 일치하여 대부분의 사람들이 예상할 수 있는 카드이며, 실제로도 그러한 카드를 가지고 있을 때는, 아무리 좋은 카드라 할지라도 상대가 그것을 인정하고서 더욱 강하게 나왔을 때

는 꼬리를 내릴 줄 알아야 한다는 것이다.

필자는 종종,

"메이드인데 어떻게 죽어, 죽어도 못 죽어"하며 끝까지 콜을 하다가 항상 마지막에 후회하는 어리석은 하수들을 보곤 한다. 이제는 그런 터무니없는 아집은 버려야만 한다.

그러면, 히든에 베팅을 하고 나갔는데 상대가 레이즈를 하면 무조건 죽어야 하는 것인가? 아니다. 그러한 의미는 절대로 아니다. 그렇다면 어떤 경우에는 상대방으로부터 레이즈가 날아오더라도 승부를 할 수 있으며, 또 어떻게 해야 하는지 알아보기로 하자.

① 레이즈를 한 상대방이 공갈이라고 느껴질 때.

② 상대방이 나의 액면을 보고서 예상할 수 있는 카드보다 더 좋은 카드를 가지고 있을 때.

①의 경우는 따로 설명이 필요없으리라 생각한다. 다만 한 가지, ①의 경우는 서로가 위험 부담이 많은 작전이므로 절대로 자주 생각해서는 안 되는 '평범하지 않

은 방법' 이라고만 알고 있기 바란다.

②의 경우는 한 마디로 얘기해서, 나의 액면에는 스트레이트처럼 보이는 카드가 깔려 있는데 실제로 나는 플러시 또는 풀-하우스 메이드를 가지고 있을 경우라든가, 나의 액면에는 플러시처럼 보이는 카드가 깔려 있지만 실제로는 풀-하우스 메이드를 가지고 있다든가 하는, 약간은 드문 경우이긴 하지만 얼마든지 나올 수 있는 상황이다.

이러한 때에는 상황을 잘 파악하여 그래도 역시 죽어야 하는 것인지, 콜을 해야 하는 것인지, 아니면 오히려 내가 또 레이즈를 할 수 있는 상황인지를 판단하면 될 것이다.

지금까지의 설명에서 보듯이,

"플러시 메이드는 절대로 죽을 수 없는 높은 족보……."

"풀-하우스는 하늘이 두 쪽이 나도 죽을 수 없는 카드……."

하는 식의 무조건적인 신념은 실제로 포커게임을 하

는 데 있어서 가장 먼저 버려야 할 잘못된 생각이다. 포커게임이란 '질 것 같은 상황'에서는 플러시나 풀-하우스를 가지고도 죽을 줄 아는 결단력을 가져야 하며, '이길 수 있다'는 자신감이 섰을 때에는 원-페어, 투-페어로도 승부할 수 있는 배짱도 있어야 한다는 것이다.

이러한 점이 바로 포커게임만이 가지고 있는 가장 큰 어려움이자 또 가장 큰 매력이리라.

12) 베팅을 하기도 전에 뒤에서 먼저 돈을 잡고 세는 모션을 취하는 사람은 ㉮ 몹시 추운 상태, 아니면 ㉯ 베팅하면 거의 죽는 상태 진짜 자신 있는 카드를 가지고 있을 때는 뒤에서 숨도 크게 안 쉬고 있는 법

이것은 게임을 하다 보면 참으로 자주 볼 수 있는 현상이다. 보통의 하수들은 자신이 베팅을 하려고 하는 데 뒷집에서 돈을 세고 있으면 "아, 저 집은 굉장히 자

신 있는 모양이구나”라고 지레 겁먹고서 하려던 베팅을 멈추는 경우가 흔히 있는데, 이것은 실제로는 그 반대의 상황임을 알아야 한다.

자신의 베팅순서가 되지도 않았는데 미리 돈을 잡고서 세는 동작을 취하는 것일종의 샤-킹은, 그만큼 자신이 없기 때문에 상대로 하여금 “베팅을 하지 말라”라고 무언의 시위를 하고 있는 것이라고 생각하면 된다. 그렇기 때문에 그러한 경우에는 더욱 더 굳세게 베팅을 해야 한다.

설사 베팅을 안 하려고 생각하고 있었다 해도 뒤에서 그러한 동작을 취하면 베팅을 해볼 필요가 있을 정도로, 그만큼 돈을 미리 세는 사람은 춥고 괴롭다는 의미이다. 만약에 뒷집에 있는 사람이 정말로 훌륭한 패를 잡고 있다면, 아마도 그때는 숨도 크게 안 쉬고 조용히 손님을 기다리고 있을 테니까 말이다.

이러한 경험은 포커게임을 해본 사람이라면 누구라도 한두 번씩은 모두 경험해보았던 일일 것이며, 여러분 역시도 마찬가지일 것이다. 그렇기에 이제부터는 여러분들도 그러한 모션에 현혹되지 말고 소신껏 게임을 이끌어 나가기 바란다.

> **"안되는 날 적게 잃는 사람이 진정한 실력자."**
> Real players know how to lose and quit.

★ 포커 10계명

필자는 수없이 많은 포커게임 현장을 다녀봤지만 게임에서 패배하는 하수들은 거의가 정석과 정반대의 플레이를 하고 있었다. 어찌도 그리 정확하게 항상 정반대의 플레이를 할 수 있을지 불가사의할 정도였다. 차라리 아무 생각 없이 플레이를 하더라도 두 번에 한 번은 올바른 플레이를 할 수 있을 텐데……

그래서 이번에는 아마추어 포커인들이라면 꼭 알아
두어야 할 포커 10계명을 소개한다.

1. 페어를 가지고 승부를 걸어라.

어떤 경우든 마지막에 자신이 원하는 패를 뜰 확률은
20%를 넘지 못한다. 그러므로 히든에 플러시나 스트
레이트를 노리는 사람은 이미 지고 있는 게임을 하는
것이다.

2. 히든카드는 없는 것이라 생각해라.

포커는 6구에서 자신이 가지고 있는 패로 승부하는
게임이라고 생각해라. 히든카드를 기대하지 말고 게임
에 임하라는 것이다.

3. 미련을 가지지 마라.

패배가 예상되는 상황에서는 "들어간 돈이 얼만데
여기서 죽어?"라는 식으로 그때까지 들어가 있는 돈에
대해 미련을 가지지 마라.

4. 공갈을 잡아내려고 하지 마라.

언제든 상대의 공갈에 당할 수도 있다는 마음가짐을

가져라.

5. 끌려 다니는 게임을 하지 마라.

콜을 하며 끌려 다니는 게임은 가장 안 좋은 운영방법이다.

6. 하이 투-페어로서 이길 수 있다는 신념을 가져라.

여러분은 한 번 잡기가 힘든 메이드를 상대라 하여 자주 잡을 수는 없다. 포커게임이란 대부분의 승부가 하이 투-페어로 결정된다는 것을 명심해라.

7. 많이 죽을수록 승률은 올라간다.

많이 죽는다는 것은 무리를 하지 않는다는 것을 의미하며, 동시에 확실한 때에만 승부를 건다는 것을 의미한다. 아마추어 포커인들은 이 말만 실천해도 승률이 몰라보게 향상되리라 확신한다.

8. 투-페어에서 풀-하우스를 뜨려는 생각을 버려라.

투-페어는 그 자체가 좋은 족보이지 절대로 풀-하우스를 뜨기 위한 카드가 아니다. "밤새도록 포커게임을 해서 투-페어에서 풀-하우스를 두 번만 뜰 수 있으면 그날은 카드가 되는 날이다"라고 할 정도로 투-페어에서 풀-하우스를 뜨는 것은 어려운 확률이다.

9. 상대의 성격, 스타일을 파악해라.

상대가 콜을 하고 따라 오는 스타일인지, 아니면 쉽게 인정해주는 스타일인지, 공갈을 많이 시도하는 스타일인지 아닌지, 초이스 습관은 어떤지 등등을 미리 파악하여 그에 따른 대응책을 적절히 사용해야 한다. 지피지가면 백전백승.

10. 포-플러시로는 레이즈를 하지마라.

포-플러시는 상대가 몇 명이든 뜨면 1등, 못 뜨면 꼴등이다. 그렇기에 포-플러시를 가지고 있을 때는 레이즈로써 상대의 수를 줄일 하등의 필요가 없다. 많은 사람을 데리고 가서 못 뜨면 그냥 죽고, 떴을 때 좋은 배당을 기대하는 것이 포플러시를 가졌을 때의 올바른 운영방법이다.

포커게임에 있어서 또 한 가지 항상 몸에 익혀둬야 할 중요한 습관은, 매번 판마다 그때그때 무슨 숫자가 몇 장 빠졌는지, 그리고 무늬는 어떤 무늬가 어느 정도 빠졌는지를 가능한 정확히 체크하는 것이다.

이것 역시도 보통의 하수들은 아주 게을리 하고 있다. 심지어는 자신이 처음에 초이스하여 버렸던 카드마저도 까맣게 잊어버리고서 게임에 임하는 경우가 허다하다.

이것은 포커게임을 하는 한 한시라도 빨리 고쳐야 할 무지무지하게 나쁜 습관이다. 매번의 판마다 자신이 버릇처럼 기억해두는 몇 장의 카드가 실제로 자신에게 엄청난 득을 가져다주는 경우가 참으로 많기에, 언제나 단 1장의 카드라도 더 기억할 수 있도록 항상 최선을 다해야 하는 것이다.

그런데 실제의 게임에서 매 판마다 빠지거나 깔렸던 카드들을 완벽하게 기억하는 것이 쉽지는 않고, 또 오랜 시간 게임을 하다 보면 정신적으로도 피로가 느껴져 완벽히 체크하기가 힘들어지는 경우도 있을 것이다. 그렇기 때문에 그때는 빠졌던 카드들 중에서 중요한 카드들을 우선적으로 체크해나가야 한다. 그랬을 때 중요한 카드라는 것이 바로,

① 상대방의 액면에 깔려 있는 페어와 같은 숫자가 다른 곳에 빠져 있는지, 혹은 자신의 손 안에 있는지.
② 자신이 손 안에 가지고 있는 페어의 숫자가 상대방의 액면에 혹시 빠져 있는지.
③ 각 무늬의 A, K 등의 순서로.

대략적으로 볼 때 ①, ②, ③의 세 가지만은 어떠한 경우에라도 반드시 체크하며 게임에 임해야 한다. 이것은 포커게임을 하는 사람의 가장 기본적인 의무이며, 또 그렇게 함으로써 반드시 여러분에게 큰 도움이

될 것이다.

거듭 되풀이되는 이야기지만, 하수들일수록 예컨대 상대가 액면에 '7 페어'를 깔아놓고서 강하게 나올 경우 "7자가 빠졌었나, 안 빠졌었나?" 하고, 플러시 싸움이 붙었을 경우 "클로버 A가 빠졌든가, 안 빠져졌든가?" 하며, 나중에 후회를 하곤 한다.

그렇다고 해서 이미 죽어버린 상대방의 카드를 다시 뒤집어볼 수는 없는 것이기에, 나중에서야 "진작 좀 정확히 체크해둘걸……" 하며 후회를 해본들, 배는 이미 떠난 후라는 것이다.

바로 이런 부분에서도 고수들은 상황을 예측하고서 자신이 체크해야 할 부분들을 항상 미리 정확하게 기억해두기 때문에 나중에 그러한 상황이 닥치더라도 훨씬 더 자신 있게, 소신껏 대응해 나갈 수 있는 것이다.

그랬을 때 모든 패를 기억하기가 부담스러운 경우에는 자신과 승부에서 만날 가능성이 높은 상대의 카드를 집중적으로 기억해두는 것도 효과적인 방법이 될 수 있다. 자신의 패가 아주 형편없어서 4구 또는 5구에

기권해야 할 상황이라면 쓸데없는 노력의 낭비가 될
수도 있겠지만, 자신이 어느 정도 가능성이 있어 승부
를 해볼 만하다고 느껴지는 상황이라면 지금의 이야기
는 반드시 새겨두어야 할 중요한 이야기이다.

14) 처음에 A를 오픈시키는 것

① 고수들 중급자 이상

트리플 출발 손 안에 K, Q 등의 높은 페어를 가지고 있을 경우

플러시 쪽 2장 A와 관계없는 무늬

아주 나쁜 카드

② 하수들

트리플 출발

플러시 쪽 2장 A와 관계없는 무늬

손 안에 페어를 가지고 있을 경우

일반적으로 포커게임을 하다 보면 상대가 처음에 'A'를 오픈시키는 것을 종종 볼 수 있다. 이때 상대가 A를 오픈시킨 의미를 정확히 알아낼 수만 있다면 실전에서 여러분에게 많은 도움이 될 것이다.

물론 상대가 A를 처음에 오픈시켰다고 하여 100% 정확하게 그의 카드를 감지하는 것은 불가능하지만, 그래도 대략적으로 어떤 카드를 손에 감추고서 처음에 A를 오픈시켰는지는 예상이 가능하다.

보통의 경우라면 A를 처음에 오픈시킨다는 것은 약간은 특이한 초이스 방법이기 때문이다. 그러면 처음에 A를 오픈시키는 것은 어떤 의미가 있는지 고수들의 경우와 하수들의 경우로 나누어서 알아보도록 하자.

우선 고수들의 경우를 보면, 한 마디로 표현하여, "A 트리플 출발이나 손 안에 K, Q 등의 하이 페어를 가지고 있는 것이 아니라면, 전혀 별 볼일 없는 카드"라고 생각해도 좋다는 것이다. 아주 특별한 경우에 예외가 전혀 없는 것은 아니지만, 일단 A를 처음에 오픈시킨 사람의 실력이 중급자 이상 정도만 되더라도 여러 가지 상황으로 종합 판단하여 A 트리플 출발이나 손 안에 높은 페어K, Q를 가지고 있는 상황이 아니라고 느껴진다면, 거의 '형편없는 카드' 라고 인정해버려도 무방하다.

단, 오픈시킨 A와 다른 무늬 2장을 손 안에 가지고 있을 상황을 고려하여 플러시 쪽의 가능성에 대해서만 조금 신경을 쓰면 된다는 것이다.

예를 들어, 다음의 그림과 같이 처음에 오픈시킨 A와 다른 무늬가 연속해서 떨어졌을 경우에는, 만약에 손 안에 같은 무늬 2장을 가지고서 A를 오픈시킨 것이라면 플러시의 가능성이 상당히 높다는 것이다.

　이와 같은 경우에는 여러 가지 상황을 종합하여 잘 판단해야 한다. 일반적으로 하수들일수록 상대가 처음에 A를 오픈시키면 "아, 저기 손 안에 뭔가 페어를 가지고 있는 모양이구나"라며 지극히 당연한 듯 생각해 버리지만, 그것은 엄청나게 잘못 생각하고 있다는 것이다. 처음에 A를 오픈시킨 사람이 하수라고 가정한다면 "손 안에 페어를 가지고 있다"고 하는 생각이 맞을 수도 있고, 또 그러한 경우가 많은 것이 사실이지만, 처음에 A를 오픈시킨 사람이 어느 정도 이상의 실력을 가지고 있는 사람이라면, 페어특히 낮은 페어를 가지고서 A를 처음에 오픈시키는 경우는 거의 없다는 것이다. 그 이유는 지금껏 이 책에서 계속 설명해오던 것이기에 생략하기로 하겠다.

　마지막으로 한 가지 유의해야 할 점은, 상대가 처음에 A를 오픈시켰다는 것은 어찌되었건 약간은 특이한 경우이기에, 이와 같은 경우에는 항상 A 트리플 출발은 아닌지를 조금은 신경 써서 관찰하는 것도 습관적으로 몸에 배어 있도록 해야 한다.

15) 5구에서 카드를 꺾을 줄 알아야 한다 〈베팅의 요령〉 (1)번 참조

　이것은 약간은 추상적이고 황당한 이야기처럼 들릴지도 모르겠지만, 포커게임을 하는 한 절대로 명심하고 실행해야 할 아주 중요한 이야기이다. 포커게임을 하는 사람이라면 대한민국 최고의 실력자이든, 포커를 배운 지 며칠 안 되는 초보자이든, 어느 누구를 막론하고 자신에게 돌아올 다음 장의 카드를 보고 싶지 않은 사람은 없다.

　하지만 어느 때라도 구별 없이 자신에게 올 다음 카드를 항상 받아보려 한다면 그에 따르는 부담은 엄청나게 커지는 것이다. 그러므로 콜을 하고 나서 다음 한 장을 더 받아볼 것인가, 아니면 기권할 것인가를 매 판마다 끊임없이 결정해야 한다.

　그러니까 어떤 상황에서 받아보아야 하는지, 받아볼 가치가 있는지, 또는 어떤 상황에서는 죽어야 하는지, 한 장 더 받아볼 가치가 있는 것인지를 정확하게 선택할 수만 있다면 승률은 상상할 수 없을 정도로 높아질 것이 분명하다.

하지만 100% 정확한 판단을 하여 '질 때는 매번 죽고 이길 때만을 선택하여 콜을 하는 것'은 현실적으로 불가능하다. 그러나 그 정확성을 조금이라도 높게 만들 수 있는 방법은 있는 것이기에 지금부터 그 방법을 알아보려고 하는 것이다.

포커게임의 상황이라는 것이 글로써는 도저히 표현할 수 없을 정도로 무궁무진하기에, 각각의 모든 상황을 설명하려 한다면 이미 그 자체로써 엄청난 무리이다. 단 한 가지 절대적으로 명심해야 할 사항은, "자신이 바라는 카드가 6구째에 와서, 6구째에 바로 메이드가 될 수 있는 상황이 아니라면 5구째에 카드를 꺾어야 한다"는 점이다. 쉽게 얘기해서 5구 현재 자신의 카드가 포-플러시, 양방 스트레이트, 빵구 스트레이트 등과 같이 6구째에 자신이 원하는 카드가 한 장 오면 바로 메이드가 될 수 있는 상황이라면, 5구째에 죽지 않고서 6구째에 카드를 받아볼 가치가 있지만, 예를 들어

6구, 7구에 계속해서 플러시가 와야 하는 상황에서 "6구째 한 번 받아보고 안 오면 그때 죽으면 되지"라는 식의 어정쩡한 스타일의 게임 운영은 절대로 하지 말라는 것이다. 이것은,

① 6구에 자신이 원하는 것이 오지 않으면 5구에 콜을 했던 것이 전혀 쓸데없이 보태준 것이며,

② 6구에 자신이 원하는 것이 와서 포-플러시가 되었다면 이제는 6구째의 상대방의 모든 베팅을 감수하고서 또 콜을 해야 한다 이때 상대방의 6구 레이스가 너무 강한 경우에는 포-플러시를 만들어놓고도 너무 부담이 커서 6구에 콜을 못하는 경우도 비일비재하다.

③ 히든에 플러시를 못 뜨면 5, 6구에서 모진 매를 맞고서 들어간 것이 전혀 쓸모없어지는 것이며,

④ 만약 이와 같이 어렵게 히든에서 플러시를 메이드 시켰다고 하여 100% 이길 수 있다고 장담할 수 있는 상황인가?

이와 같은 경우에 플러시를 메이드시킬 수 있다면 승산은 어느 정도 이상 보장되는 것이 사실이다. 하지만 그 어려운 확률과 모든 조건들을 감안할 때, 아주 특별한 경우를 제외하고는 대단히 위험하고 잘못된 게임 운영방법이라는 것을 깨달아야 한다.

이 이론은 5구째까지의 자신의 카드가 비전 츄라이일 때는 절대로 명심해야 할 부분이다. 그리고 5구째 자신의 카드가 하이 원-페어 또는 낮은 원-페어일지라도 나머지 높은 카드가 있을 경우 등등일 경우에는 일단 '한 장 더 받아보는 것이 정석' 이라는 기본 마음가짐을 가지고 6구째에 하이 투-페어가 되면 승산이 있다고 판단될 때, 당시의 여러 가지 상황 변화와 조건들을 종합 판단하여 현명하게 대응해나가는 것이 올바른 방법이다.

'5구째에 카드를 꺾을 줄 아는 것', 이 말의 의미를 깊이 음미하면서 여러분들은 또 한 가지 중요한 사실을 깨달아야 한다. 바로 5구째에 카드를 꺾는다는 것은 실제로 그 판에서는 거의 피해가 없는 것을 의미한다. 바꾸어 말하면, 한 시간 두 시간 동안 징그럽게도 패가 안 떠서 단 한 판도 이기지 못했다 하더라도, 1~2시간 동안의 피해가 크지 않다는 이야기이다.

이것은 대단히 중요하다. '포커게임의 끗발' 이라는 것이 하루 종일 한두 명의 사람에게만 집중되지 않고 반드시 모든 사람에게 어느 정도의 기회가 주어진다고 보았을 때, 자신에게 계속해서 패가 안 뜨는 시기를 적은 피해로써 잘 버텨 나갈 수만 있다면 기회가 왔을 때 금방 일어설 수가 있기 때문이다.

반대로 자신에게 패가 안 뜨는 시기를 슬기롭게 대처하지 못하고 무리한 승부로써 큰 피해를 입게 되면, 자신에게 기회가 오더라도 그 피해를 모두 복구하기가 어려워진다. 결국 악순환이 되풀이되고, 승자와 패자의 명암이 확실하게 드러나게 되는 것이며, 이것이 바로 "5구째에 카드를 꺾을 줄 알아야 한다"는 이론 뒤에 숨어 있는 진정한 의미이다.

"확률을 깨트릴 수는 있어도, 확률을 바꿀 수는 없다."

you can beat the odds, but you can't beat the percentages.

★ 라스베이거스 최고의 갬블러와 최악의 갬블러

오래전의 이야기지만 필자는 라스베이거스의 카지노에 근무하는 직원들과 라스베이거스를 생활의 터전으로 하고 있는 갬블러들에게 "어느 나라 사람의 갬블러 기질이 가장 뛰어나냐?"고 물었던 적이 있었다. 그랬더니 거의 대부분이 중국 사람을 꼽았다.

여기에는 여러 가지 이유가 있었지만, 모든 것을 종

합하여 단 한마디로 정리했을 때 ‘중국인들의 만만디 근성’ 때문이라고 할 수 있다.

라스베이거스의 카지노에 있는 중국인들의 특징은 거의가 절대 서두르지 않는다는 점이다. 자신에게 패가 뜨는 시기가 아니라고 생각될 때는 절대로 조급한 마음을 가지지 않고 기다릴 줄 안다는 것이다. 중국인들은 3박 4일, 또는 4박 5일 등의 일정으로 라스베이거스에 왔다가도 게임이 생각대로 잘 풀리지 않으면 그 일정을 일주일 심지어는 열흘까지도 늘려가며 자신에게 승운이 오기를 기다린다는 것이다. 만약 도저히 일정을 연장하기가 어려운 상황이라면 게임을 하지 않고 그냥 돌아오는 한이 있어도 자신의 때가 아니라고 생각될 때는 승부를 하지 않는다고 한다.

어떤 종류의 도박에서든 자신의 때를 기다릴 줄 아는 것- 이것이야말로 고수가 되기 위한 절체절명의 요소이며, 동시에 도박뿐만 아니라 우리의 인생 어떤 분야에서도 반드시 명심해야 할 마음가짐이다.

라스베이거스의 직원들과 갬블러들에게 “한국 사람

들의 도박 기질은 어떠냐?" 하고 물어보았더니 이 질문에 대해서는 한결같이 "라스베이거스를 찾아오는 전 세계 민족 중 갬블러로서 가장 자질이 떨어지는 국민으로 손가락에 꼽을 정도"라며 혹평을 하였다. 그리고는 그 이유를 "한국 사람들은 거의가 사생결단식이다. 즉, 플레이 속도가 너무 급하고 다혈질이며, 그날만 게임하고 다시는 안 할 것처럼 플레이를 한다"는 것이었다.

그러면서 덧붙이는 말이 "라스베이거스의 카지노에서 1천불을 가장 짧은 시간에 따거나 잃는 사람이 바로 한국 사람들이다. 그러나 유감스럽게도 대부분 잃는 쪽"이라는 것이었다. 또 한 가지 한국 사람들의 큰 특징은 게임이 안 풀릴 때 조급한 마음으로 빨리 만회하려고 급하고 무리한 승부를 자초한다는 점이었다.

도박이란 원래 게임이 안 풀려서 잃고 있을 때는 더욱 조심을 해야 한다는 가장 기본적인 원리를 한국 사람들은 완전히 무시하고 있기 때문이다. 한국 사람들은 게임 중의 성적에 따라 표정의 변화가 너무 차이가 나서 다른 외국 사람들이 같은 테이블에서 게임을 즐기기가 부담스러

울 정도라고 한다. 그래서 외국인들은 한국 사람들과 같은 테이블에서 게임하는 것을 꺼릴 정도이다.

어떤 종류의 도박에서든 잃었을 때와 땄을 때의 플레이가 달라져야 함은 기본이다. 그런데 한국 사람들을 따고 있든, 잃고 있든, 따면 따는 대로 더 욕심을 부리고, 잃으면 잃는 대로 흥분하여 스스로를 자제하지 못한다는 것이다.

도박이란 운이 좋아서 이길 때도 있으며, 운이 따르지 않아 질 수도 있는 법이다. 이것은 고수에게나 하수에게나 예외 없이 적용되는 너무도 평범한 도박의 진리이다. 그렇기에 자신에게 패가 뜨는 시기가 아니라고 판단될 때는 끝없이 기다릴 수 있는 인내심을 가지고 있는 사람만이 그 어려운 도박의 세계에서 승자가 될 수 있다는 사실을 명심해야 할 것이다.

16) 잘 안 되는 날 적게 잃는 사람이 진정한 실력자

이것은 참으로 실행에 옮기기 어려운 힘든 이야기이다. 실제로 이러한 수준에까지 올라올 수 있는 사람이라면 아마도 대한민국 어느 곳의 포커게임에서도 절대로 호락호락 당하지 않을 것이라고 필자는 확신한다.

필자 역시도 아직까지 이러한 사람을 보았던 기억이 손가락에 꼽을 정도밖에 없다. 한 마디로 얘기해서, 포커게임을 하는데 많이 잃고 있는 상황에서 "아 오늘은 정말 패가 꼬이는구나. 오늘 같은 날은 여기서 피해를 줄이고 다음날 만회하자" 하고서 돈이 남아 있는데도 일어설 수 있는 사람이라면, 그 사람은 거의 정상 수준에 올라있다고 보아도 과언이 아닐 것이다.

물론 이와 같은 느낌이 있는 날 일어서지 않고 계속하여서 만회를 하는 경우도 있긴 하겠지만, 거의 대부분의 경우에 시간이 지날수록 피해가 점점 더 커지는 것이 아주 흔한 현상이다. 그것은 어찌 보면 당연한 결과이다.

'오늘은 왠지 패가 엄청나게 꼬인다' 라고 느껴질 정

도라면 이미 그 상황에서 많이 잃고 있는 상황이며, 또 그럼으로 해서 자연적으로 평소보다 조금이라도 더 무리를 하게 되는 것이며, 판단력마저도 많이 흐트러져 있는 상황인 것이 불을 보듯 뻔하기 때문이다.

포커게임을 하다 보면 우리는 '마지막 5판', '마지막 3판', '마지막 한 턴' 등의 이야기를 참으로 많이 듣게 된다. 그런데 이 마지막 5판 혹은 3판에서 하수들일수록 그때까지 자신이 어느 정도 이상 잃고 있는 상황이라면 말도 안 되는 무리한 상황인데도 승부를 시도하여 그나마 남아 있던 모든 것을 잃어버리는 경우가 참으로 많다.

그 당시 잃고 있는 하수들의 심정은 "에이, 다 잃었는데 이거 남겨 가면 뭐 해"라며 자신에게 남아 있던 모든 것을 말도 안 되는 확률에 다 없애버리고서 판이 끝난 후 "차비 좀 달라"며 비참하고 비굴한 모습을 보이는 것이다.

이것이야말로 한치 앞을 못 내다보는 어리석은 짓이며, 이후로는 절대로 '마지막 한 판'이라 할지라도 가능성이 없는 패로써 돈을 '버리는' 그러한 행동은 절대로 하지 말아야 한다. 그렇다. 이것이야말로 돈을 버리는 것이라는 이야기이다. 그러나 고수들은 이러한 면에서도 분명히 다르다. 그들은 마지막 순간이라 하여 절대 자포자기식의 행동은 하지 않는다.

어느 정도 이상의 실력을 갖춘 고수라 할지라도 '적게 잃고서 과감하게 일어선다'는 것은 참으로 어려운 일이다. 하지만 포커게임의 명언에도 '안 되는 날은 새 가슴이 되어야 한다'는 말이 있듯이, 잘 풀리지 않고 왠지 패가 꼬이는 것 같은 날에는 가능하면 승부를 피하고, 반대로 자신의 의도대로 척척 풀려 나가는 날에는 승부를 피하지 않고서 맞대응해 나가는 전략을 세우는 것이 바람직한 것이다.

예를 들어서, '오늘은 어느 정도 잃으면 그만둔다'라는 식의 자기 스스로의 굳은 결심을 가지고서 게임에 임하는 것도 좋은 방법이라고 할 수 있는 것이다.

17) 히든카드는 없는 것이라 생각하라

이것은 6구까지 지고 있는 상황에서 마지막 히든카드를 떠서 역전을 도모하는 운영방법은 일단은 상당히 위험성이 높은 방법이라는 것을 의미하는 말이다. 물론 6구까지 지고 있어도 승부를 걸 수 있는 상황은 수없이 많으며, 또 그럼으로써 결과가 역전되는 경우도 이루 말할 필요가 없을 정도로 많다. 하지만 일반적인 경우에는 히든카드를 떠서 역전시키려는 생각은 버리라는 것이다.

히든카드에서 무리한 시도를 하지 않는다는 것은 6구에서 죽는 것을 의미하며, 6구에서 죽는다는 것은 그 판에서 입는 피해가 그만큼 적다는 것을 의미하는 것으로써, 이러한 게임 운영이 바로 탄탄한 운영방법이다.

반대로, 위험을 덜 감수한다는 것은 그만큼 큰판을 먹기가 힘들다는 이론과도 일치하는 것이긴 하지만, 상대들의 실력이 어느 정도 이상의 수준에 올라 있지 않은 상태라면 걱정하지 않아도 괜찮다. 그것이 바로 고수와 하수, 80~90%의 승률을 올리는 사람과 10~20% 승률밖에는 올리지 못하는 사람의 차이이기 때문이다.

'히든카드는 없는 것이라 생각하라.'

이 이론은 포커의 모든 게임에서 적용되는, 절대적으로 명심해야 할 가장 중요한 것 중의 하나이다. 이 한 가지 이론만을 맹목적으로 신봉해도 당신의 피해액은 현저하게 줄어든다는 것을 바로 피부로 느낄 수 있을 것이다.

그럼 여기서 대표적으로 히든카드를 포기하여야 할 몇 가지 경우를 보기로 하자 항상 거듭되는 이야기지만, 배당이 아주 좋은 경우라면 예외임.

① 6구까지 투-페어로, 6구에 베팅하고 나갔는데 레이즈를 맞았을 경우.

가장 대표적인 케이스이다. 이 경우에는 일단 6구에서 레이즈를 맞았다는 자체로서 일단 6구까지의 상황에서 지고 있는 것이라 봐야 한다. 그렇다면 이기기 위해서는 풀-하우스를 떠야 하는데, 그 확률에 기대를 걸지 말라는 것이다. 상대가 비록 공갈이라 하더라도 포기하는 것이 올바른 방법이다.

② 마지막 장을 떠도, 상대가 베팅을 하고 나왔을 때 레이즈를 할 수 없는 카드인 경우.

쉽게 얘기해서, 6구에서 이미 자신은 무엇을 떠도 질 수밖에 없는 상황일지도 모를 때를 의미한다.

예를 들어, 자신은 6구에 '양방 스트레이트' 또는

'탑이 별로 좋지 않은 포-플러시' 와 같은 카드를 가지고 있는데, 상대가 액면에 '탑' 이 높은 플러시 같은 모양 3장을 깔아놓고 이미 메이드가 된 것 같은 느낌을 주며 베팅을 강하게 할 경우, 이 경우가 바로 '쓸데없이 떠서 더 보태주는 경우' 이다.

똑같이 메이드를 잡고 지는 경우라도, 상대가 '마지막에 떠서 지는 것' 과 '이미 상대방이 6구에서 메이드가 되어 있을 수 있는 액면' 과의 차이는 엄청나게 크다. 자기가 필요로 하는 가장 좋은 패를 떠도, 상대방의 액면 상 이미 져있을지도 모르는 상황이라면, 아마도 이런 승부를 하는 어리석은 사람은 없을 것이다.

실전의 게임에서는 이러한 실수를 범하는 사람들이 의외로 많이 나타나고 있다. 물론 항상 상대의 패를 액면에 깔려 있는 그대로 인정하고는 게임을 할 수 없는 일이다. 그때그때의 베팅상황과 그 사람의 특성 등을 종합해 판단하여 결정해야겠지만, 가능한 떠도 레이즈를 할 수 없는 상황의 승부는 일찍 포기하는 것이 현명한 방법이다.

일반적으로 하수들의 가장 큰 특징은 6구까지는 상

대의 패를 인정해주지 않으며, 7구에 가서는 상대의 패를 높게 보아준다는 점이다. 이것은 결국 자기가 마지막 히든카드에서 필요한 카드를 뜰 수 있다는 신념을 가지고 있기에, 상대의 6구까지의 카드가 '별게 아니다' 라고 생각하는 것이다. 뜨면 이길 수 있으니까…….

그런데 결과는 히든카드에서 거의 자기가 목표로 했던 것을 뜨지 못하기 때문에, 이때는 비로소 상대의 카드가 높아 보이는 것이다. 이것이야말로 세븐-오디를 하는 한 한시라도 빨리 없애버려야 할, 아주 몹시 무척 대단히 나쁜 버릇이다. 보태줄 것 다 보태주고 나서, 그리고 뜨고 싶은 카드 하고 싶은 대로 다 떠보려고 시도하고 나서, 나중에 후회해보았자 그러한 판이 계속해서 끊임없이 연속될 때 그날의 결과는 너무나도 분명하기 때문이다.

세븐-오디를 하는 사람 중에 포-플러시에서 플러시를 떠보고 싶지 않은 사람이 어디 있겠으며, 투-페어나 트리플에서 풀-하우스를 시도해보고 싶지 않은 사람이 어디 있겠는가?

하지만 분명한 사실은, 보고 싶은 것을 참고, 한 번이라도 더 가능성이 적은 판을 포기할 줄 알고, 단지 1%라도 자기 쪽의 승산이 높다고 생각될 때 승부할 수 있는 사람일수록 승률은 반드시 비례해서 높아진다는 점이다.

③ 같은 카드라 할지라도 베팅 위치가 좋지 않을 경우.

베팅 위치, 이것 역시도 결코 간과하고 넘어가서는 안 될 중요한 요소이다. 자신의 베팅 위치가 어느 쪽이냐에 따라 파생되는 결과의 차이란, 이 베팅 위치의 중요성에 대해 별 신경을 쓰지 않는 하수들의 상상 이상으로 엄청나다.

'좋은 베팅 위치'에 대해서는 '뒤쪽에 있을수록 좋다'는 한마디로써 더 이상의 설명이 필요없으리라 생각한다.

'히든카드는 없다'고 생각한다고 해서 언제나 못 뜨는 것은 결코 아니다. 그리고 카드는 '히든에 떠야 돈이 된다'고도 한다. 옳은 얘기다. 하지만 여기서 강조하는 것은, '히든카드에 절대적인 희망과 기대를 가지고 게임에 임하는 스타일은 분명히 쉽게 무너진다'는 것이다.

'투–페어' 드문 경우이기도 하지만 '트리플'도 포함된다,

'포-플러시' 등의 카드를 가지고서 6구에서 아쉬움 없이 카드를 꺾을 수 있을 때 비로소 여러분들도 고수의 대열로 접어들 수 있다는 사실을 명심하기 바란다.

지금까지 수많은 이론들을 설명해왔지만 지면 관계상 담지 못한 여러 가지 이론들이 남아 있어 못내 아쉬움을 느끼며, 그리고 또 지면으로 밖에는 달리 설명할 방법이 없어 보다 더 이해하기 쉽고 좀 더 상세하게 설명하지 못한 점이 유감스럽다.

하지만 나름대로 여러분들이 반드시 알아두어야 할 중요한 이론들만은 한 가지도 빠뜨리지 않으려고 처음부터 마지막까지 최선을 다했다는 것만은 자신 있게 말할 수 있다. 그렇기에 다소 미흡하고 부족한 부분이 있더라도 여러분들의 많은 이해를 바랄 뿐이며, 만약 다음 기회가 또 온다면 그때는 보다 더 상세하고 좋은 내용으로서 많은 이론을 여러분에게 알려줄 것을 약속한다.

포커게임이란 아무리 실력이 뛰어난 고수라 할지라도 백전백승할 수 없다. 특히 상대들의 실력이 어느 정도 이상이라면 어느 누구라도 승리를 장담하기는 어려운 것이 사실이다. 그렇기에 승률을 단지 1%라도 높이기 위해 우리는 지금껏 머리 아프고 복잡한 이 책을 읽고 이해하려고 노력했던 것이다.

여기에 또 한 가지 부인할 수 없는 사실은, 포커게임을 하는 사람들 간의 실력 차이가 크지 않을 경우에는 '약간의 운'도 반드시 작용한다는 점이다. 바꿔 말해, 정석 플레이가 오히려 해가 될 수도 있으며, 말도 안 되는 무리한 플레이가 경우에 따라 큰 이득을 가져다 줄수도 있다는 것이다. 이러한 것이 바로 그날의 '운' 또는 '재수'라고 표현할 수 있는 부분이다.

올바른 정석 플레이로써 한두 번 피해를 보는 경우가 생기고, 변칙적이고 무리한 플레이로써 간혹 성과를 올리는 경우가 있다고 하더라도, 재수나 운이라는 것이 늘 좋을 수는 없는 것이기에 결국 올바른 정석을 선택하는 것이 훨씬 더 높은 승률을 보장한다는 것만은 누구도 부정할 수 없는 틀림없는 사실이다.

'정석이 아닌, 말도 안 되는 무리수가 더 큰 이득을

가져다 줄 수도 있다'는 점이 바로 포커게임의 가장 큰 어려움이자 매력이라고 할 수 있다. 그렇기에 아무리 고수라 할지라도 80~90%에 가까운 승률을 가질 수는 있어도 그 이상의 승률은 상대가 어느 정도의 기본실력 이상을 가지고 있다면 현실적으로 어렵다는 것이다. 상당한 수준에 올라 있는 고수들이 이렇다고 할 때, 웬만한 수준에 있는 사람들의 승률은 그보다 훨씬 더 낮아질 것은 뻔한 이야기이다.

이 책을 읽는 여러분들이 어느 정도의 수준까지 갈 수 있을지는 단언할 수 없지만, 최소한 항상 올인을 당하고서 비참함을 느끼는 상황은 줄여줄 것이며, 여태껏 포커게임을 할 때마다 '10'의 피해가 있었다면 이 책을 읽은 후로 그 피해가 '2~3' 정도로만 줄어들 수 있어도 그 성과는 엄청난 것이라고 생각한다. 나는 그렇게 되리라고 확신한다.

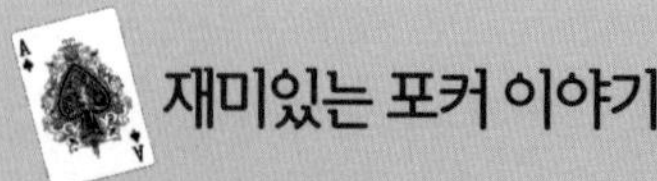

재미있는 포커 이야기

Perseverance is the best strategy.

★ 승부 감각

만약 바둑의 신이 있다면 인간세계의 최고수들과의 치수는 어떻게 될까?

한때 세계를 평정했던 우리나라의 서봉수 9단은 "두 점 이상은 없다. 아무리 신이라도 그것이 19줄바둑의 한계이다"라고 하였다. 오랜 세월 일본 바둑계의 최정상을 풍미했던 대만의 임해봉 9단은 "두 점이면 해볼 만하다. 그러나 목숨을 건다면 세 점으로 하겠다"라고 하였다. 이들의 말을 들어보면 아마도 바둑의 신과 인간세계의 최고수와의 차이는 두 점 정도인 것 같다.

이것은 인간의 실력이 아무리 높은 경지에 올라도 신의 경지와는 많은 차이가 있음을 잘 시사하고 있다. 그러나 중국의 고전 속에 나오는 바둑의 신은 지상의 최고수에게 고배를 마신다. 과연 그 이유는 무엇일까?

천상의 신조차 인간의 준엄하고 뼈저린 승부 감각을 꺾지 못했기 때문이다. 즉, 승패를 가름하는 결정적인 변수인 승부 감각을 신은 가지고 있지 않다는 의미이다. 이러한 승부 감각은 바둑뿐만이 아니라 우리가 접하고 있는 모든 분야에서 똑같이 적용된다.

여러분들도 포커게임을 할 때 '이번 판에는 죽어도 들어가보고 싶다', '왠지 지금은 공갈을 시도해 보고 싶다', '이상하게도 상대의 베팅이 공갈로 느껴진다'라는 기분을 강하게 느꼈던 경험이 있으리라 생각한다. 이러한 기분을 느끼는 것이 바로 사람마다 가지고 있는 승부 감각이라고 할 수 있다.

이때 하수들은 단지 기분에 의존해서 결정을 내리며 그것을 승부 감각이라 생각한다. 그것도 분명 승부 감각임에는 틀림없지만, 결과에서 나타나듯 하수들의 승부 감각은 거의 득보다는 해가 된다. 어찌 보면 이것은 당연한 일이다. 하수들은 아무 근거도 없이 무작정 기분에 의존해서 플레이를 하기 때문이다. 결과가 나쁘다면 그런 승부 감각은 없는 것이 낫기에 하수들의 승부 감각은 대부분 말도 안 되는 무리수에 지나지 않을 뿐이다.

그러나 고수들은 바늘끝 같은 가능성과 상대의 스타일, 그리고 여러 가지 모든 상황과 변수를 염두에 두고 승부 감각이라는 전가의 보도를 사용한다. 그렇기에 고수들의 승부 감각은 심심찮게 어려운 승부를 뒤집는 괴력을 발휘하는 것이다.

다시 말해 인간만이 가지고 있는 이 승부 감각이라는 괴물은 불가능을 가능하게 하는 불가사의한 힘을 가지고 있다. 모든 확률과 고정관념을 깨트려 버린다는 것이다.

앞서도 얘기했듯이 이 승부 감각이 항상 좋은 결과만을 가져다주는 것은 결코 아니다. 절묘한 감각으로 예상치 못했던 큰 행운을 얻거나, 어려운 승부를 역전시키는 경우가 있는 반면, 잘못된 감각으로 천 길 낭떠러지로 떨어지는 경우도 비일비재하기 때문이다.

그렇다면 과연 이러한 승부 감각은 노력으로 얻을 수 있는 것일까? 만약 노력으로 얻을 수 있다면 그 방법은 무엇일까?

이 부분에 대해 필자는 실력을 기르는 것만이 최선의 방법이라고 단언한다. 승부 감각이라는 괴물도 결국은 실력에서부터 얻어지는 것이기 때문이다. 즉, 실력이 뒷받침되어야만 그때까지의 모든 상황을 종합하여 "어려운 상황이긴 하지만 왠지 승부를 걸고 싶다"라는 식의 감각적인 판단을 내릴 수가 있으며, 그것이 좋은 결과로 이어질 가능성이 높기 때문이다.

여러분들도 자신의 분야에서 남들보다 뛰어난 승부 감각으로 경쟁에서 앞서 나갈 수 있기를 기원한다.

♠ 게임운영의 전략 에피소드-2

일본의 모 증권회사에서 직원을 채용할 때 포커 게임을 해본다는 것은 잘 알려진 이야기이다. 그리고 우리나라의 대기업에서도 직원을 뽑을 때 면접의 한 방법으로 포커 게임을 해본다는 기사를 여러 번 읽은 적이 있다. 포커를 함께 해봄으로써 그 사람의 성격과 특징, 적성 등을 짐작해볼 수 있기 때문이다.

포커 게임이란 처음 시작하는 순간부터 끝나는 순간까지 숨 쉴 겨를 없이 끝없는 선택을 해야만 하는 게임이다. 그렇기에 그 끝없는 선택의 과정에서 사람마다 가지고 있는 성격과 사고방식, 또는 마음가짐까지도 다 드러나게 된다.

이것은 아무리 감추려 해도 감출 수 없는 본능과도 같은 것이기에 사람마다의 스타일, 마음가짐, 인간성 그리고 포커 실력에 이르기까지 모든 것을 판단하는 데 상당히 정확한 기준이 된다.

그래서 포커 게임을 많이 해본 고수들이라면 관상가까지는 못 되어도 적어도 함께 게임하는 상대들의 스타일이나 마음가짐 등에 대해서는 상당 부분 꿰뚫어보고 있다고 해도 결코 지나친 말이 아니다. 그렇기에 하수들은 상대의 패를 읽으려고 노력하지만 고수들은 상대의 마음을 읽으려고 노력한다는 말이 더욱 피부에 와 닿는 것이다.

승부를 겨루고 있는 경쟁자의 관계에서 상대방이 어떤 마음가짐을 가지고 있는지, 어떤 생각을 하고 있는지 그것을 알고 있다면 그 승부는 이미 어느 정도는 결정되어 있다고 보아도 무방하지 않을까?

물론 대한민국 최고의 포커 고수라 할지라도 상대방의 패나 마음을 100% 정확하게 읽는 다는 것은 불가능한 일이다. 하지만 고수일수록 그 정확도가 높아지는 것이며, 또한 고수일수록 상대가 자신의 패나 생각을 읽기가 힘들게 만드는 법이다.

다시 말해 고수들의 패나 생각은 쉽게 감지되지 않는다는 의미이다. 부디 여러분들도 하루빨리 고수가 되어 상대의 생각을 누구보다도 정확하게 감지하여 좋은 결과를 얻을 수 있기를 기원한다.

그러면 이번 단락에서는 '투페어에서 풀하우스를 뜨려고 하지마라' 라는 포커게임이 없어지지 않는 한 영원히 기억해야 할 명언에 관한 일화를 소개하겠다.

S씨는 당시 라인계에서 알 만한 사람은 다 알 정도로 유명한 초일류 실력자였다.

특히 무모할 정도로 화끈한 베팅과 레이즈로 판을 뒤흔들며 상대를 곤경에 빠뜨리던 S씨의 베팅 실력은 라인계의 웬만한 마귀들도 공포심을 느낄 만치 위력적이었다.

그래서 실제로 오래된 얘기지만 서울의 유명한 하우스에서 S씨를 잡으려고 사기도박을 시도했는데도 S씨의 감각이 워낙 좋아 결국은 하우스쪽에서 포기를 했다는 이야기가 있을 정도였다.

또 초일류 포커꾼으로는 드물게 두주불사의 애주가였던 S씨는 술에 만취되어 게임을 했던 적도 종종 있었으며, 술로 인해 포커 게임에서 보기 힘든 해프닝을 가끔 연출하기도 했던 인물이다.

또한 S씨는 "진정한 프로 갬블러는 큰 게임을 하는 사람이 아니라 이기는 게임을 하는 사람"이라며 아무리 뛰어난 실력자라도 자신보다 더 강한 상대를 만나면 질 수밖에 없는 것이 포커 게임이라고 단언하면서 프로 갬블러로서의 마음가짐을 강조하기도 했다.

이런 S씨와 필자와의 한판 승부.

게임은 필자와 S씨를 포함하여 총 6명의 멤버가 붙게 되었는데 나머지 멤버들 역시 라인계에서 잔뼈가

굵은 실력자들이었다.

게임이 시작되자마자 필자는 처음부터 불패가 붙으면서 앞서 나가고 있었는데, 반대로 S씨는 게임이 안 풀리는지 1시간이 넘도록 판 같은 판이라고는 한 번도 먹어보지 못한 채 적지 않은 피해를 보고 있었다.

그러면서 차츰 시간이 흐르고 있었는데, S씨는 자신의 전매특허인 베팅에서 뿐만이 아니라 게임 운영, 판단력, 배짱 등 여러 가지 부분에서 탁월한 기량을 나타내고 있었지만 큰 승부가 걸린 판에서는 묘하게 패가 꼬이며 실패를 거듭, 피해액이 조금씩 늘어가고 있는 상황이었다.

하지만 하루 종일 계속 패가 꼬이기만 할 리는 없는 법. 게임 시작 3시간 정도가 지나면서 S씨는 점차 회복세로 돌아서기 시작했다. 회복 기미가 보임과 동시에 S씨는 자신의 실력을 유감없이 발휘하며 잠깐 사이에 잃었던 돈을 거의 찾으며 본전에 육박하고 있었다.

그때까지 필자는 초반의 승세를 계속 유지하고 있었지만, 분위기가 S씨 쪽으로 바뀌면서 필자 앞에 쌓여

있던 돈도 조금씩 빠져나가는 기미가 보였다.

S씨는 회복하고 필자의 돈은 조금씩 빠져나가고 있는 이런 분위기 속에서 이날의 승부 향방을 가르게 되는 멋진 명승부가 연출된다.

게임은 세븐-오디. 다음 그림은 4구 현재의 액면이다. 편의상 3명의 액면만을 표시하겠다.

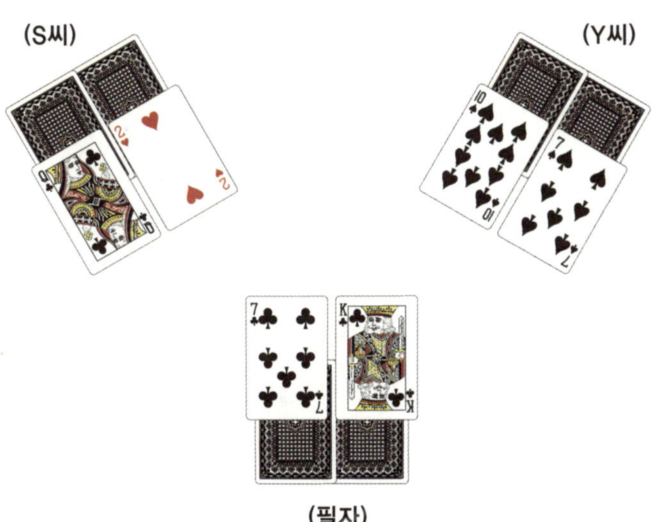

필자는 손 안에 K, 7을 들고 있었는데 그림에서 보듯 4구에서 ♣K가 떨어지며 감추어진 K, 7 투페어가 되었다. S씨는 평범한 액면이었고 Y씨는 ♠로 10, 7이 깔려 있었다.

여기서부터 약간의 베팅이 오고 갔지만 아직은 서로의 패를 정확히 감지하기는 어려운 분위기였으며 그리고 나서 5구째 카드가 떨어졌다.

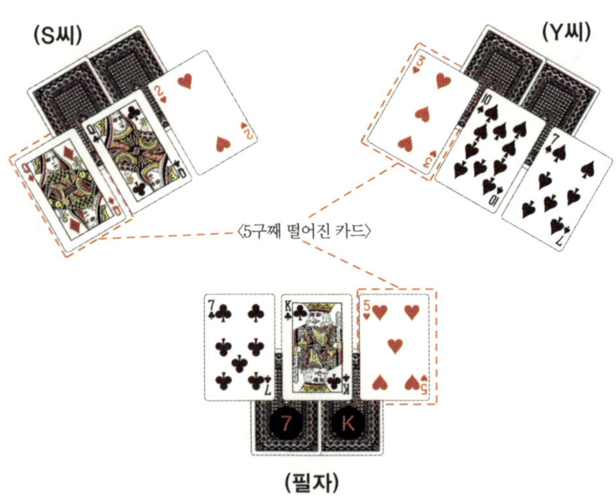

S씨에게는 Q가 떨어지며 액면으로 Q 원페어가 되었고 Y씨와 필자에게는 액면으로는 큰 도움이 안 되는 카드가 떨어졌다.

보스인 S씨가 먼저 하프를 외치며 베팅을 하고 나왔고 Y씨는 조금의 머뭇거림도 없이 콜을 하며 따라왔다. 필자는 '좋은 찬스'라고 느끼며 바로 레이즈를 하며 판을 키웠다.

그러자 S씨는 내 액면과 Y씨의 액면을 한 번씩 둘러본 후, 내 얼굴을 보고는 묘한 미소를 짓는 것이었다. 그리고는 바로 콜을 하고 들어왔다. Y씨 역시 콜. 그러고 나서 6구째 카드가 떨어졌는데……

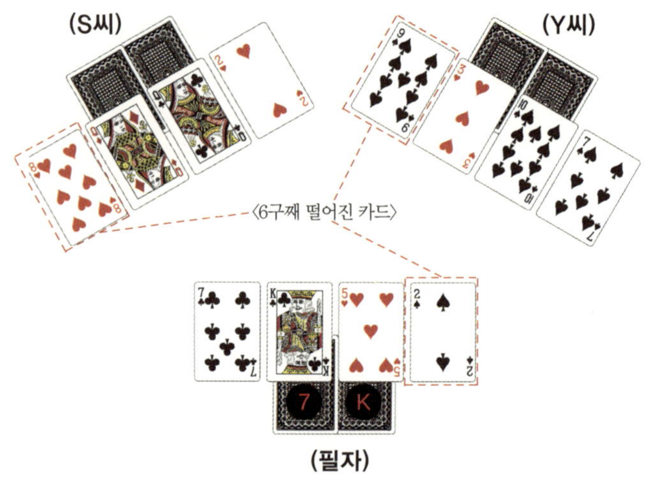

〈6구 현재의 액면〉

그림에서 보듯 6구에는 필자와 S씨에게는 액면상 별 게 아닌 카드가 떨어진 것처럼 보였고, Y씨에게는 ♠9 가 떨어지며 플러시와 스트레이트, 양쪽의 메이드 가 능성이 생기는 상황이 되었다.

그런데도 보스인 S씨는 Y씨의 패를 인정하지 않는 것인지 먼저 베팅을 하고 나왔다.

그러자 Y씨는 예상대로 레이즈를 하며 플러시, 또는

스트레이트 메이드라고 강력하게 주장하면서 승부를 걸고 나왔다. 이제 필자의 순서였다. 감추어진 K, 7 투페어라는 좋은 카드를 가지고 있었지만 이것저것 모든 시나리오를 감안해 본 결과 히든에 풀하우스를 뜨지 않는 한 이기기 힘든 승부가 분명했다. 그리고 S씨의 액면을 볼 때 어쩌면 7풀하우스 떠도 이긴다고 장담하긴 만만치 않은 상황이라 느껴졌다.

물론 K가 한 장도 안 빠졌기에 약간의 아쉬움은 있었지만 만의 하나 여기서 콜을 하더라도 판이 이미 좀 커져있었기에 그 자체가 이미 작은 금액이 아니었고, 더욱이 S씨에게서 한 번 더 레이즈가 날아올지도 모르는 일이었다.

필자는 잠깐 망설였지만, 이내 마음을 정리하고 패를 꺾었다.

포커계의 정석인 "투페어에서 풀하우스를 뜨려는 사람에게는 딸도 주지 말라"라는 명언을 그대로 실행에 옮긴 것이다. 아마도 어느 정도 이상의 포커 실력자라면 3명 중 9명은 필자와 같은 선택을 했으리라. 그리고 나서 S씨는 콜을 하고 따라갔다.

히든 패가 돌려지고 S씨는 '뻥'을 달고 나왔으며, Y 씨는 베팅. 패를 오픈한 결과 S씨는 Q 풀하우스였고 Y 씨는 A플러시였다. S씨의 승리였다. Y씨가 적지 않은 패배를 당했지만, 여기까지는 포커게임에서 꽤 자주 발생하는 상황이다.

그런데 S씨와 Y씨의 히든카드가 돌려진 후에 필자 는 무심코 마지막에 필자에게 올 카드가 무엇인지 뒤 집어 보았는데 그 카드가 바로 'K'였던 것이다.

아마도 6구에서 콜을 하고 따라 갔으면 필자의 포커 인생 중 세븐오디 게임에서 몇 손가락에 꼽을 만큼 큰 승리를 맛볼 수 있는 판이었다.

마지막에 'K'라는 카드를 보는 순간 필자는 마치 전 기에 감전된 듯 망연자실해 아무 말도 못했지만 그 패 를 본 필자의 심정이 어땠으리라는 것은 여러분의 상 상에 맡기겠다.

이후 필자는 페이스가 흐트러지며 프로로서는 보여 서는 안 될 모습이 보이며 참패하게 되었는데 이는 결과적으로 모든 게 필자의 부족함 때문이었다.

게임이 모두 끝난 후 돌아오는 길에 필자는 그 판에 대해 다시금 후회를 하고 있었지만 그것은 6구에서 투 페어를 가지고 드롭을 했던 그 선택을 후회하는 것이 아니었다. 좀 전에도 언급했듯 그 상황에서는 대부분의 사람들이 필자와 같은 선택은 할 것이기에 필자의 선택이 잘못된 플레이는 아니었다고 굳게 믿고 있기 때문이다.

단지 필자가 후회한 것은 필자에게 마지막에 올 히든 카드를 왜 뒤집어 보았나? 하는데 대한 자책감이었다.

이미 6구에서 카드를 꺾은 필자의 입장에서는 그 히든 카드가 무엇이든 아무것도 달라질 것이 없는데 프로로서는 해서는 안 될 쓸데없는 행동을 함으로서 스스로를 나락으로 떨어트린 셈이 된 것이었다.

다시 말해 6구의 상황에서 이미 승부가 필자의 손을 떠난 상황에서 히든 카드에 대한 미련과 궁금증을 가지고 있다는 것은, 바꾸어 말하면 6구에서 '드롭하고 싶지 않았다' 는 마음 한구석의 아쉬움과 연결된 쓸데없는 행동이었다는 것이다. 그리고 그 결과로 인해 이후의 페이스에 악 영향을 주었으니 이것은 분명 프로라면 해서는 안 될 큰 실수였던 것이다.

그렇다면 과연 6구 투페어에서 이날과 같은 상황이 벌어졌을 때 언제나 하염없이 드롭을 하는 것만이 정답인가? 그 부분에 대해서는 필자라면 '꼭 그렇지는 않다'고 말하고 싶다.

그러면 과연 그런 상황에서도 들어갈 수 있는 것은 어떤 경우일까? 그것은 본인이 '왠지 이번 판을 죽어도 들어가고 싶다' 라고 아주 강력하게 느낄 때이다.

그 정도 기분이라면 들어가서 히든 카드를 확인해 보는 것이, 승패를 떠나 지더라도 그 가치가 있을 수 있기 때문이다. 다시 말해 그런 기분과 상황에서는 그 이후의 정신 건강을 위해서라도 들어가야 한다는 것이다. 즉, 그 판에서 안 들어갔던 아쉬움이 계속 머릿속에 잠재해 그 이후의 게임에 영향을 미칠 정도라면 그 때는 들어가도 좋다는 의미이다.

이때라면 그 판에서 돈을 잃더라도 정신 건강 차원에

서 정석과 다른 선택을 할 수 있다는 것이다.

그런데 중요한 사실은 포커게임의 하수들 일수록 승부가 걸릴 때마다 거의 매판 좀 전에 언급했듯이 '이 판은 왠지 죽어도 들어가고 싶다' 는 기분은 강하게 느낀다는 점이다. 하지만 고수들은 분명 다르다. 사람인 이상 고수들도 그 순간에 느끼는 기분은 하수와 비슷하겠지만 그들은 스스로 자제하며 그 횟수를 최소화한다는 것이다. 그렇기에 그들이 고수라는 칭호를 들을 수 있는 것이고 하수들은 성적이 떨어질 수밖에 없는 것이다.

부디 여러분들은 끊임없는 이어지는 선택의 기로에서 현명한 판단을 내리시길 바란다.

게임운영의 전략

게임운영의 전략 - 1

다음 그림을 보자.

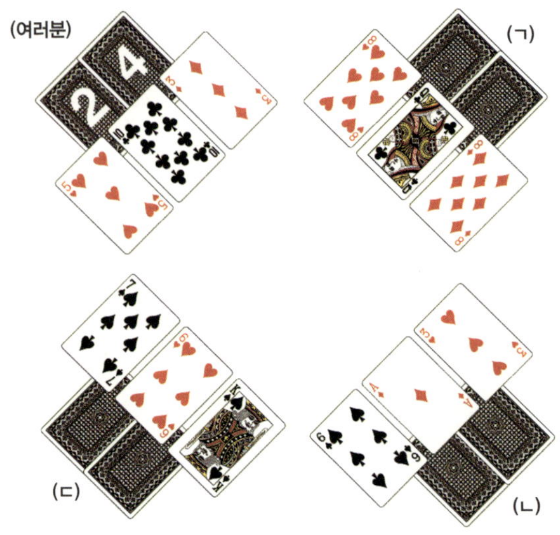

그림에서 보듯 여러분은 5구 현재 '2-3-4-5'로 양

방 스트레이트이다. 그리고 상대들의 패는 그저 평범한 액면이다.

보스인 (ㄱ)이 액면에 8-원페어를 깔아놓고 베팅을 하고 나왔다. (ㄴ)과 (ㄷ)은 모두 콜을 하였다. 여러분은 여기서 레이즈를 할 것이가, 아니면 콜만 할 것인가?

① 좋은 레이즈 찬스라고 판단, 레이즈한다.
② 레이즈는 부담스럽다. 콜만 한다.
③ 어려운 승부라 판단, 기권한다.

지금과 같은 상황이야말로 무조건 레이즈를 해야 하는 전형적인 케이스이다.

여기에는 여러 가지 이유가 있지만 그 중에서도 가장 중요한 이유는 바로 '베팅 위치가 좋다'는 점 때문이다. 이 말은 어떻게 보면 '앞 사람들이 모두 콜을 했으므로 배당이 좋다'라는 의미로 곡해할지도 모르겠다. 그러나 그런 의미가 아니다.

여기서 '베팅 위치가 좋다'고 하는 것은 큰 변화가 없는 한 6구째에 가서도 계속해서 가장 좋은 베팅 위치를 유지할 수 있다는 것을 의미한다. 즉, 여러분이 5구째에 레이즈를 해서 누군가가 한두 명을 죽더라도 변함없이 여러분의 베팅 위치는 가장 좋다는 것이다.

그렇다면 이것은 무엇을 의미할까? 이것은 '6구에서 여러분이 스트레이트가 메이드되지 않아도 공짜로 히든 카드를 볼 수 있다'는 것을 의미한다.

무슨 말인가 하면 5구에서 여러분이 레이즈를 하며

판을 긴장시켜 놓았기 때문에 6구에서는 아주 특별한 패가 떨어지지 않는 한 (ㄱ), (ㄴ), (ㄷ) 모두가 일단 여러분을 경계하여 체크를 하고 나온다는 것이다. 보통의 경우라면 이것은 당연한 현상이라고 할 수 있다.

여러분의 패를 정확히 읽을 수가 없기에 누구든 섣불리 베팅하고 나올 수가 없기 때문이다. 이렇게 되면 이제 6구에서의 베팅은 여러분의 선택에 달려 있다고 보아도 무방하다.

만약 6구에 스트레이트가 메이드되면 계속 강력하게 베팅을 하고, 6구에 스트레이트가 메이드되지 않으면 '체크-굿'을 하며 부담없이 히든 카드를 받아 보면 되는 것이다.

지금의 의미를 달리 표현하여 '6구에 할 베팅을 5구에 미리 해놓는다'는 의미로 생각하면 좀더 쉽게 이해할 수 있으리라 생각한다.

이러한 레이즈 방법이야말로 6구에 메이드가 안 되어도 거의 손해 볼 일 없고, 만약 6구에 메이드가 된다면 큰 소득을 올릴 수 있는 좋은 방법이 틀림없지 않겠는가?

　물론 5구에 여러분이 레이즈를 하여 판을 키워 놓은 상태에서, 6구에 스트레이트 메이드가 되지 않았는데 상대방 중 누군가 한 명이 먼저 베팅을 하고 나오는 경우도 생길 수는 있다. 하지만 이 때는 아쉬워할 것 없이 그냥 죽으면 된다.

　앞서도 언급했듯이 그것은 쉽지 않은 일이고, 또 여러분이 6구에 스트레이트 메이드를 잡는 경우도 얼마든지 있으므로 그 부분을 충분히 상쇄하고도 남기 때문이다.

　지금의 얘기를 종합해 보면, 5구째 양방 스트레이트를 가지고 있고, 좋은 베팅 위치에 있어서 6구에도 계속 좋은 베팅 위치를 유지할 수 있을 때에는 100% 레이즈 찬스라고 생각해도 좋다는 것이다.

　혹자들은 이 말에 대해 "베팅 위치가 그렇게 계속 좋은 판이 얼마나 있다고 그래?"라며 그 의미를 대수롭지 않게 볼 수도 있을 것이다.

　하지만 앞에서는 네 명의 경우를 예로 들었기에 그러

한 생각을 가질지도 모르겠으나, 5구에서 세 명이 남아 있을 경우라면 지금의 이야기는 훨씬 더 피부에 와닿으리라 장담한다.

고수들일수록 바로 이러한 레이즈를 잘하기에 스트레이트로 큰 판을 만들어서 먹을 수 있다는 점을 명심하기 바란다.

게임운영의 전략 - 2

다음 그림을 보자.

case-2

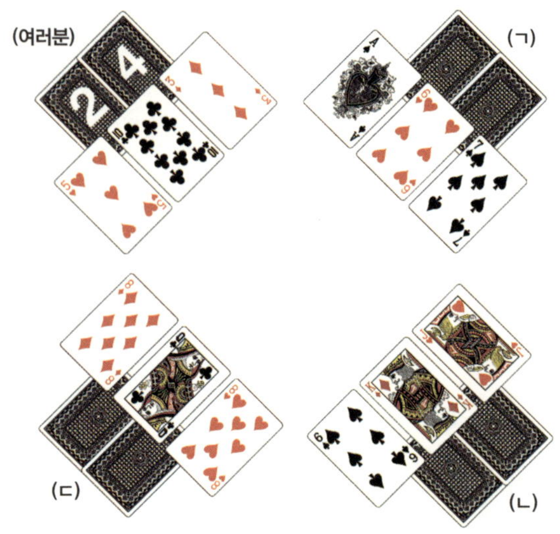

그림을 보면 알 수 있듯이 지금의 상황은 바로 앞의

Case-1과 비교하여 (ㄱ)과 (ㄷ)의 액면만이 서로 바뀌어져 있는 상태이다.

이런 상황에서 보스인 (ㄷ)이 베팅을 하고 나오면 이때는 어떻게 해야 할까?

① 좋은 레이즈 찬스라고 판단, 레이즈한다.

② 콜만하고 6구 상황을 본다.

③ 어려운 승부라고 판단, 기권한다.

여기서 레이즈를 하는 것은 '지나친 무리' 라는 이유 외에도 쓸데없이 뒷집인 (ㄱ)과 (ㄴ)을 잘라서 배당을 줄이는 비효율적인 레이즈 방법이기 때문이다.

그리고 지금과 같은 경우에는 6구에 스트레이트가 안 되면Case-1에서처럼 여러분의 의사대로 베팅을 하든 체크를 하든 상황이 결정되지 않는다는 점에서 유의해야 한다. 무슨 말인가 하면 지금은 6구에 스트레이트가 되지 않았을 경우, (ㄷ)이 체크를 하고 여러분 역시 체크를 하면 아직도 뒤에는 의사 결정을 하지 않은 (ㄱ)과 (ㄴ)이 기다리고 있다는 것이다.

Case-1에서는 여러분이 체크를 하는 것으로서 그것이 바로 히든카드를 공짜로 받아 보는 것을 의미하지만, 지금은 아니라는 것이다.

특히 여러분이 6구에 체크를 하면, 약한 모습을 보이게 되는 상황이기에 뒤에 있는 (ㄱ)과 (ㄴ)이 무슨 행동을 할지는 아무도 알 수 없는 일이다.

그렇다고 하여 약한 모습을 안 보이려고 6구에서 메이드가 되지 않았는데도 베팅을 계속한다면 그것은 누가 보더라도 지나친 무리이다.

이러한 여러 가지 이유에 의해 지금의 상황에서는 콜만 하는 것이 올바른 선택이 된다.

다소 복잡하게 느꼈을지 모르겠으나 단 한마디로 그 의미를 요약하면 "5구에서 양방 스트레이트를 가지고 있을 경우, 6구에서의 베팅 위치를 생각해 본 후, 베팅 위치가 좋다고 생각될 때는 레이즈를 하고, 그렇지 않을 때는 콜만 하라"는 것이다.

다음 그림을 보자.

case-3

그림에서 보든 여러분은 6구 현재 ‘8-9-10-J’ 이다.

　(ㄱ)은 액면에 ♥를 3장 깔아놓고 있는데 플러시 메이드인지 아닌지는 확실치 않다. (ㄴ)은 그저 평범한 액면이다.

　이런 상황에서 보스인 (ㄱ)이 하프를 외치며 베팅을 하고 나왔다. (ㄴ)은 콜을 하였다. 여러분은 어떤 선택을 해야 할까?

　① 좋은 레이즈 찬스라고 판단, 레이즈한다.
　② 콜만하고 다음 상황을 본다.
　③ 어려운 승부라고 판단, 기권한다.

이 문제를 풀기 전에 한 가지 미리 일러두고 싶은 점이 있다. 앞의 문제처럼 5구에서 양방 스트레이트를 가지고 있을 때의 선택은 '콜이냐', '레이즈냐'의 갈림길에서 고민을 요하는 것이었다. 그러나 6구에서 양방 스트레이트를 가지고 있을 때는 그 선택이 '콜이냐', '죽음이냐'의 둘 중 한 가지 길이라는 것이다.

그렇다면 지금과 같은 상황에서는 어떻게 해야 할까? 이 부분에 대해서는 '콜을 할 수도 있고, 죽을 수도 있다'고 말하고 싶다. 따라서 여러 가지 상황을 종합하여 결정을 해야겠지만 필자라면 '죽는 쪽'에 조금이라도 더 후한 점수를 주겠다.

(ㄱ)의 액면에 플러시가 3장 깔려 있다고 하여 그것을 무조건 '플러시 메이드'로 인정할 필요까지는 없기에 스트레이트를 뜨면 충분히 이길 수 있는 상황이다. 이렇게 생각하면 콜을 하고 승부를 해야 한다. 하지만, (ㄱ)의 패가 플러시 메이드이든 아니든, 그리고 (ㄴ)의

패가 무엇이든 이 모든 것을 차치하고 여러분이 이기기 위해서는 반드시 두 가지 조건이 필요하다. 첫째, 여러분이 스트레이트를 떠야 한다. 둘째, (ㄱ)와 (ㄴ) 모두 히든 카드를 뜨지 못해야 한다. 이 두 가지 조건이다. 그렇다면 이 두 가지 조건을 극복해야 하는 것도 결코 쉬운 일이 아닌데, 더욱 중요한 것은 (ㄱ)이 이미 플러시 메이드가 되어 있을지도 모른다는 가능성이다.

만약 (ㄱ)이 6구에서 이미 플러시가 메이드 되어 있는 상태라고 한다면, 여러분은 스트레이트 뜨면 더 잃고, 못 뜨면 그나마 덜 잃게 되는 참으로 황당한 입장에 처하게 된다. 즉, 못 뜨는 것이 오히려 행운이 되는 그런 어이없는 게임을 하게 된다는 것이다. 이러한 게임이야말로 포커를 하는 사람이라면 단 한 명의 예외없이 맞이하고 싶지 않은 불행한 게임이리라.

그렇기에 이러한 면을 감안한다면 역시 지금과 같은 상황에서는 죽는 것이 더 올바른 방법이라고 아니할 수 없다. 스스로 긁어 부스럼을 만드는 어리석은 일은 애시당초 생각하지 말라는 것이다.

다음 그림을 보자.

case-4

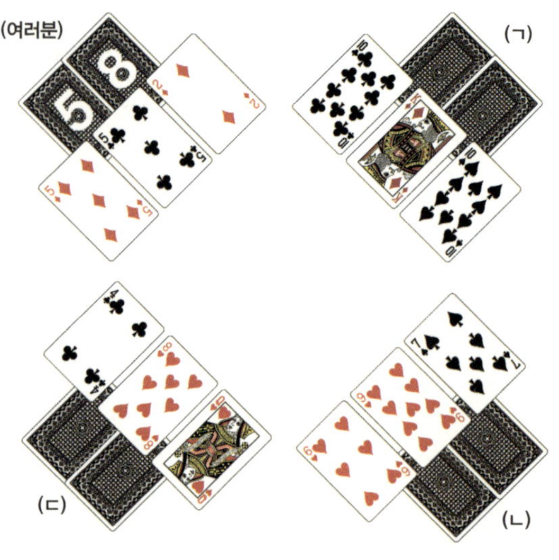

그림을 보면 알 수 있듯이 5구 현재 여러분은 액면에

5-원페어를 깔아놓고, 5-트리플이다.

(ㄱ)은 액면에 10-원페어를 깔아놓고 있고, (ㄴ)은 스트레이트성의 액면이고, (ㄷ)은 그저 평범한 액면이다. 대략 이런 상황에서 보스인 (ㄱ)이 먼저 베팅을 하고 나왔다. 그러자 (ㄴ)과 (ㄷ)은 두 명 모두 콜을 하며 따라왔다.

자, 이제 여러분의 차례이다. 지금과 같은 상황이라면 레이즈를 해야 할까? 말아야 할까?

① 좋은 찬스라고 생각, 레이즈를 하고 승부를 건다.
② 손님들을 데리고 가기 위해 콜만 한다.

지금은 두말할 것도 없이 레이즈를 해야 할 상황이다.

(ㄱ)의 10-트리플, (ㄴ)의 스트레이트 등에 부담을 느껴 레이즈를 하지 않는다는 것은 말도 안되는 소극적인 플레이다.

지금의 상황에 대해서는 대부분의 사람들이 공감하리라고 생각하여 불필요한 설명은 생략하도록 하겠다.

단지 지금과 같은 상황에서 '무조건 레이즈를 해야 한다'고 주장하는 가장 큰 이유는 바로 '좋은 베팅 위치' 때문이라는 점만 밝혀둔다.

다음 그림을 보자.

case-5

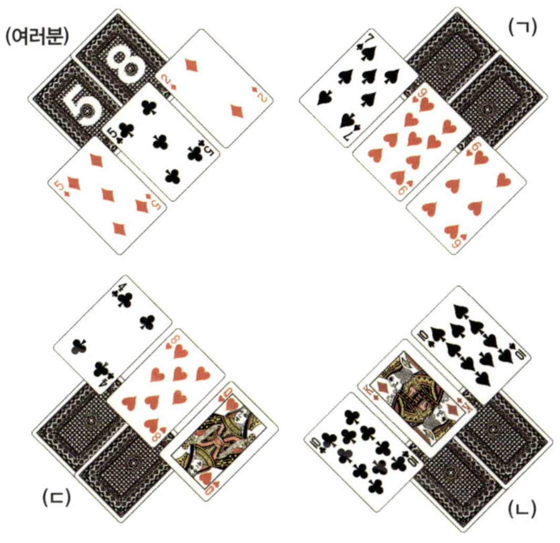

지금은 게임운영편의 Case-4와 비교하여 4명의 액

면이 모두 완벽하게 똑같지만 베팅 위치가 다르다는 차이점이 있다. 그렇다면 지금과 같은 상황에서는 어떻게 대응하는 것이 올바른 방법일까?

보스인 (ㄴ)이 먼저 베팅을 하고 나왔으며, (ㄷ)은 콜을 하였다.

여기서 여러분은 레이즈를 해야 할까? 콜만 하고 조용히 손님들을 모시고 가야 할까?

① 좋은 찬스라 판단, 레이즈를 하고 승부를 건다.
② 손님들을 데리고 가기 위해 콜만 한다.

지금은 레이즈를 하는 것이 올바른 운영방법이다.

레이즈를 하면 자칫 손님들을 죽여버리는 바람직하지 못한 상황이 초래될 수도 있는 것은 분명하다. 하지만 그래도 지금은 레이즈를 해볼 만한 상황이다.

어찌되었던 여러분은 트리플이란 좋은 패를 가지고 있기에 가능하면 판을 키워야 한다는 것이 첫 번째 이유이고, 여러분의 뒷 순서에 남아 있는 (ㄱ)의 응수를 타진해 본다는 것이 두 번째 이유이다. 즉 지금의 상황에서는 여러분의 신경을 가장 거슬리게 하는 것이 (ㄱ)의 액면이기에 레이즈를 함으로써 (ㄱ)이 죽는지 따라오는지를 확인해 보자는 것이다.

그래서 (ㄱ)이 죽게 되면 여러분은 편안한 마음으로 게임을 해갈 수 있다. 하지만 (ㄱ)이 죽지 않는다면, 이때는 (ㄱ)의 패가 만만치 않다는 사실을 깨닫고 바짝 신경을 써야 한다.

이처럼 레이즈는 '판을 키운다', '상대를 죽인다'는 의미 이외에도 상대의 응수를 타진해 봄으로써 그후의 게임 운영에도 많은 영향을 미치고 있다는 점을 명심해야 한다.

그랬을 때 지금과 같은 상황에서는 레이즈를 함으로써 조금 부담스러운 (ㄱ)의 응수를 타진하면서 동시에 게임의 주도권을 장악해 나갈 수 있고, 또 베팅 위치가 가장 좋아진다는 등 여러 가지 부수적인 효과를 얻을 수 있다는 것이다.

그리고 또 한 가지 일러두고 싶은 점은 지금과 같은 상황에서 레이즈를 할 때 혹시라도 '(ㄱ)이나 (ㄴ)에게서 또 레이즈가 날아오지 않을까?' 라는 걱정 때문에 결단을 주저하지 말라는 점이다. 설혹 그런 상황이 벌어지더라도 그것은 그때 가서 판단해 보면 되는 문제이기 때문이다.

다시 말해 실현 가능성이 높지 않은 상대들의 플레이를 먼저 예상하고 플레이가 위축될 필요는 전혀 없다는 것이다. 이와 같은 여러 가지 면을 종합해 보았을 때 지금의 Case-5는 레이즈를 해야 하는 상황이라고 단언해도 괜찮을 듯싶다.

다음 그림을 보자.

case-6

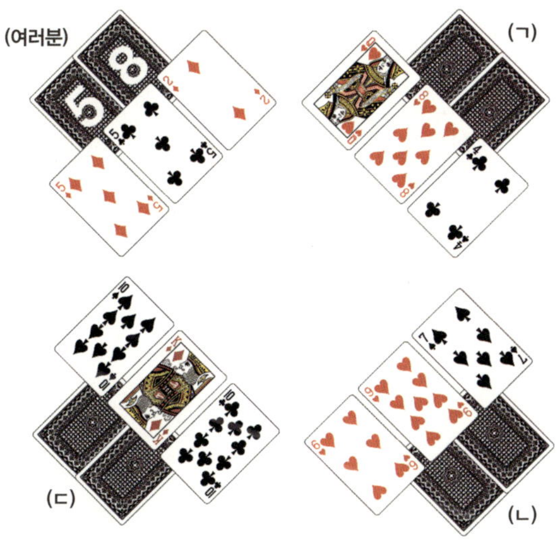

지금도 앞의 Case-4, 5와 액면이 완벽하게 똑같은

상황이다.

역시 베팅 위치만이 다를 뿐이다. 그러니 Case-1, Case-2와 잘 비교하여 어떤 의미의 차이가 있는지 알아보기 바란다.

보스인 (ㄷ)이 베팅을 하고 나왔다. 여러분의 차례이다. 지금은 레이즈를 해야 하는 상황일까? 아니면 아쉽더라도 꾹 참고 콜만 하며 뒷집을 모셔가야 하는 상황일까?

① 좋은 찬스라 판단, 레이즈를 하고 승부를 건다.
② 손님들을 데리고 가기 위해 콜만 한다.

지금이라면 '거의 무조건'이라 할 정도로 콜만 하고 뒷집을 곱게 모셔가야 한다.

베팅 위치가 너무 안 좋기에 이것저것 따져볼 필요조차 없다는 것이다. 지금과 같은 상황에서 여러분이 레이즈를 하는 것을 가리켜 '코앞에서 레이즈를 한다' 라고 표현하며 고수들 사이에서는 거의 금기시하고 있는 레이즈 방법이다.

베팅 위치가 너무 안 좋기에 레이즈를 했다가는 정말로 상대들이 모두 죽어버리는 황당한 경우가 발생할 수도 있기 때문이다.

만약 지금과 같은 상황에서 레이즈를 했는데 (ㄱ), (ㄴ)이 모두 죽어 1대 1 승부가 되거나 최악의 경우 (ㄷ)마저도 죽는 일이 생긴다면 얼마나 허탈하겠는가?

그리고 실제로도 (ㄱ)과 (ㄴ)은 아직까지 돈이 한푼도 들어가지 않은 상태이기에 여러분이 레이즈를 하면 죽을 가능성이 농후하다고 봐야 한다.

그렇기에 고수들은 만의 하나 지는 한이 있더라도 여간해서는 코앞에서 레이즈를 하지 않는다. 물론 코앞에서 레이즈를 하는 것이 항상 잘못된 방법이라고는 말할 수 없다. 코앞에서 레이즈를 하는 것이 싫어 레이즈를 하지 않았다가 이길 수 있던 판을 놓쳐버리는 경우도 흔하게 있기 때문이다.

하지만 좋은 배당을 기대할 때는 그만큼 위험 부담이 따를 수밖에 없다. 그러므로 상대를 데리고 가는 것이 조금이라도 더 여러분의 효과적인 장사에 도움이 된다고 느껴질 때는 상대가 떠서 역전되는 것을 두려워하지 말고 자신있게 데리고 가라는 것이다.

특히 지금과 같이 코앞에서 레이즈를 해야 하는 상황이라면 '설혹 지더라도 레이즈를 하여 손님을 죽일 수는 없다'는 마음가짐을 가지고 있어야 한다.